书小语·大语文课堂
获奖名家散文精选

树上的海

傅　菲／著

成都时代出版社
CHENGDU TIMES PRESS

图书在版编目（ＣＩＰ）数据

树上的海 / 傅菲著. -- 成都：成都时代出版社，
2022.11
（书小语·大语文课堂：获奖名家散文精选）
ISBN 978-7-5464-3008-9

Ⅰ.①树… Ⅱ.①傅… Ⅲ.①散文集-中国-当代
Ⅳ.①I267

中国版本图书馆 CIP 数据核字(2022)第 002087 号

树上的海
SHU SHANG DE HAI

傅菲 / 著

出 品 人	达 海
责任编辑	程艳艳
责任校对	张 旭
责任印制	车 夫
装帧设计	书香力扬

出版发行	成都时代出版社
电 话	（028）86742352（编辑部）
	（028）86763285（市场营销部）
印 刷	成都兴怡包装装潢有限公司
规 格	145mm×210mm
印 张	8.75
字 数	147 千
版 次	2022 年 11 月第 1 版
印 次	2022 年 11 月第 1 次印刷
书 号	ISBN 978-7-5464-3008-9
定 价	78.00 元

与露水相遇的人，
也与星星相遇，
追随大海，浪来涛去。

Contents

目 录 ——————————————— 树 上 的 海 ——————————————

Chapter 02

第二辑

灯火可亲

SHU SHANG DE HAI

Chapter 03

第三辑

心窗烛影

SHU SHANG DE HAI

第一辑：山河可期

桂　湖

　　一直不知道山坳里，为什么鸟声热烈。我站在山梁上，循声而望，只有一片墨绿的树梢在摇摆。山梁平缓，密密匝匝的芭茅沿斜坡生长，山崖上高大的香枫，有一种不可言说的孤独感。

　　这个山梁，我来了十余次，每次都可听见山坳里的鸟声，叽叽喳喳，啾啾啾，不论晨昏。我也分辨不出有哪些鸟。中午，会有苍鹭在山坳里盘旋。可我找不到去山坳里的路。

　　山坳里一般是冷水田、菜地、苗木地，或者是芭茅地。牛在山坳里，吃着野草，唔——唔——唔——，吃饱了，无聊地仰着树蔸一样的头，干涩地叫几声。或者，把冷水田筑高田埂，修成乡人的鱼塘，养几百条鲩鱼、鲫鱼。乡人在晚边（吴方言，指傍晚）握一把割草刀，背一个圆肚篮，割草喂鱼。鲩鱼在草料下，摆着尾巴，翕动着扁嘴，把草叶吸进嘴巴里。可这样的山坳，都不会有很多鸟。

我是一个喜欢在山里乱走的人，漫无目的，也没有计划，走到哪儿算哪儿，一条山道走上百次，一棵树下坐上半天。有一次，一个在山边种果树的人，见我天天看他打理果树，他斜睨着，问我："你是哪里人？"

"广信人。"我发了一根烟给他。

他捏捏烟海绵，又问："广信在哪里？"

我说："广信在广信。"

他咔嚓咔嚓地把玩剪枝刀，说："你是个有意思的人。"又问："你天天来山里，找古墓吗？"

我说："草木枯荣，我每一天都想看。"

他继续修剪果树。我问："香枫树下的北边山坳，怎么可以进去？"

他歪着头看我，说："要坐竹筏过河去，山林太密，人进不了。"我问："那个山坳里有什么？好多鸟飞去那儿。"

"那里有一个湖，一年也难得有一个人去。"

去哪里找竹筏呢？更何况，我不会划竹筏。但第二天，我便去对面的矮山上，砍了六根毛竹，又去镇里买了三十米棕绳。等毛竹泡上几天水，晒上几天太阳，请人来扎竹筏。

过了半个月，一个来我这里喝茶的捕鱼人，看我院子里晾晒着毛竹，问我："是不是又要搭花架了?"我说："江边的山里有湖，听人说要坐竹筏去，便想扎竹筏了。"捕鱼人说："不过江也可以去，江边码头有一条古驿道，荒废二十多年了，走人还可以。"

我约了捕蛇人老吕。老吕矮小，乌黑，背一个竹篓。我拿了一把柴刀、一根圆木棍，提一个布袋。竹篓里是柴刀、矿泉水和圈绳，布袋里是六个花卷、白酒、望远镜和毛巾。我坐上老吕的破摩托，一颠一颠往江边码头去。

很多次进山，我都带上老吕，因为他会抓蛇。他用圈绳套住蛇头，手腕用力一抖，便把蛇束起来，塞进竹篓里。更厉害的是，他赤手捏蛇七寸，抖几下手腕，蛇便不动了，软弱无骨。他不是以捕蛇为生的人，捕蛇是为了防身。

古驿道，其实已经不存在，长满了荒草。但古驿道的石头路还在。走了一里多，穿过一条溪涧，往右边山侧走三里多，便到了山坳。翻过一个低矮的山梁，一个湖泊呈现在眼前。

在山里客居一年多，却是第一次看见山中的湖泊。湖泊有三个足球场那般大，深陷在四座矮山之间。矮山是石灰石山体，被人工炸出了悬崖，悬崖上的灌木和松树已稀稀成林。我问老吕："在几十年前，这里是不是料石厂？"老吕说："在八十年代之前，这里是石灰厂，是个上百年的老厂，弃用已有三十多年了，另一边山侧有一条老路，拉石灰的，山体塌方，把路堵死了，形成了这个湖。"

矮山上，有几栋倒塌的矮房子，我估计是早年工人临时休息的工房。房前有十几棵枣树，钵头粗，皮糙色黑，牵牛花绕着树身爬。正是小满时节，枣花刚落，绽出小珠子似的枣状物。

从进山的时候起，鸟鸣便不绝于耳。站在湖边，看见悬崖边的树上栖着很多鸟。枣树上也窝着鸟巢。野鸭在湖里，游来游去，兀自悠闲自在。小野鸭三五只，在水里浮游嬉戏，叽叽地欢叫。"我们坐在大枣树下，不说话，看看鸟。"我说。

老吕说："蚊虫多，坐不了一会儿，就会满身虫斑。"我取出白酒，在身上抹一遍，说："蚊虫不咬人。"老吕说："我闻了酒就发酒疹，比长虫斑难受。"

正午，炎热。我看到了麻雀、大灰雀、山雀、乌鸦、画眉、鱼鹰、苇莺、夜莺、相思鸟，还有几种我不认识的鸟。在头顶上——一支横生的枣枝，大山雀站在上面，拉出灰白色之物，落在我额头上。画眉在吃隐藏在树丫上的蜗牛。

湖是一个不规则的湖，漾起淡淡波纹，像蓝绸。湖面不时地冒出咕噜噜的水花。树影和山影，在飞翔。水鸟低低掠过，细碎的水珠洒落。看上去，湖泊像长满了苔藓的月亮。鸟叫声，此起彼伏。

我去过其他的山坳，大多清静，鸟声也略显孤怜。要么是大山雀，要么是相思鸟，嘀嘀嘟嘟，叫得人心里很空。有时，我想，假如我是一只鸟，会叫出什么声音呢？答案几乎是不可以想象的。鸟一般叫得欢悦、轻曼。在两种情况下，鸟会叫得绝望：一种是伴侣不再回到身边（尤其是一夫一妻制的鸟，如信天翁、乌鸦、喜鹊），一种是幼鸟呼唤母亲。有一次，一个在鱼塘架网的人，网了一只雏鱼鹰，我买回来放生。雏鱼鹰有灰鹊大，已经会飞了，可网丝割破了它的翅膀，它蹲在矮墙边的木柴上，嘎——呃，一声长一声短。

我张开手，请它飞走，它跌跌撞撞地移动着脚步，瓦蓝的眼睛看着我。嘎——呃……嘎——呃，一直在叫。我退进屋里看着它，生怕它被猫抓了。这样的叫声，听了一次，一生也不会忘。

湖边芦苇油绿。水蛇在湖面弯弯扭扭地游动。在湖边，十几只鸳鸯成双成对地凫游。鸳鸯是冬临春飞的候鸟，却成了这里的留鸟。雄鸟羽色鲜艳而华丽，栗黄色的翅像帆一样，呈扇状直立。雌鸟上身灰褐色，眼周白色。在澄碧的湖面，鸳鸯像隐约的星宿。老吕摇摇空空的烟盒，说："这有什么好看的呢？看得我眼睛发花。"我说，看到与别处不一样的东西，就值得看。老吕"哦"了一声，说，没看出什么不一样。我说，同一棵树，同一株草，每天看，也都不一样，只是我们看不出来，看出来的人就有了佛性。老吕说，看得出和看不出，有什么区别？哪有那么闲的人，每天去看？一株草发芽、开花、结果、枯死，是自然规律，看不看，人都知道这个规律。

"知道这个规律，和目睹这个过程，是有差别的。"我又说："我们不看湖，湖也是在的，看了湖，湖会入心，每天看，心里有了一片湖，心里有湖的人，也就是心里有明月的人。"老吕说，我才不要那么深奥，我心里只有孩子、钱、女人和扑克牌。

我说，改日我们带渔具来，这湖里一定有大鱼。南方鲜有山中湖泊，山中一般是山塘、水库，用于灌溉。有十几年，我特别喜欢去水库钓鱼，在水边坐一天，吹山风。突然有一天，觉得被钓上来的鱼是被一条蚯蚓、一根草诱骗，自己都觉得很无趣，便不再钓鱼了。事实上，人至中年，可以生趣的东西，越来越少，朋友也是这样。

这是山中的五月，野蔷薇开得正旺，大朵大朵的白，啪嗒在芦苇上。山樱花已经凋谢，翠绿的树叶跳上了枝丫。枇杷橙黄。我眺望，山梁上的香枫墨绿一团。山下的江水，在翻着白浪。

在回来的路上，我问老吕："这个湖，叫什么名字呢？"老吕说，一个野湖，哪会有名字呢？

第二天，老吕给我打电话，说："我问了好多人，才知道那个湖叫桂湖。"我说，为什么叫桂湖？老吕说，以前湖边的石灰厂里有一棵大桂花树，金秋的时候，桂花采下来，有一大箩筐，可以做很多桂花酱吃，后来被水淹死了，这湖便叫了"桂湖"。

桂湖。我默念了几遍。一棵树死了，但魂魄还在，留在湖里，留在人的念想之中。就像一个厚德之人，被记在石碑上或族谱里。

桂，于我来说，有永伴佳人的解意。在一个无人踏足的山坳，桂湖却有了悲伤的意味。那么孤独，却又那般纯净。或许，也只有孤独之物才是至纯之物，像我们想象之中的天堂。

在很多僻远静美的地方，我都会有盖一座草房并住上一些时日的想法。如山溪潺潺之处，如迎接日出的山巅，如密林的入口处。唯独在桂湖，我没有这种想法。我觉得自己配不上桂湖的孤独和美好。甚至我再也没有去过桂湖，我怕再去，会改变自己的想法。

我在香枫树下，搭建了一个简易的草寮。草寮，是我和一个木工一起搭建的，用了四根粗圆木做四脚柱，寮篷用火烤竹，铺上芭茅匾（地方器物，芭茅编织的圆匾），花了三天时间。草寮里摆了两个木墩，可落座。从山梁上看过去，像一个古道上的凉亭。

每个星期，我都要去草寮坐坐。有时一个星期去好几次。不为别的，只想听听桂湖的鸟叫声。尤其在我意乱情迷的时候，鸟鸣会灌满我胸腔。山风猎猎，流云飞逝，苍山邈远。

月如游鱼，江潮浪来涛去

江自皖南千里奔涌而来，入建德、桐庐、富阳，在杭州湾喇叭口，汇入浩浩东海。江之上游称新安江，江之桐庐至富阳段称富春江。江水渺渺，平阔四野，蜿蜒的高山峡谷被绿水环绕，经古钱塘县（今杭州）闻家堰，遂称钱塘江。钱塘江古称浙江，一条河流与一个省份，获得了相同的称谓。

在喇叭口江边，有一座矮山，叫红山，海拔不足百米。甚至不能称之为山，只是一个山冈，或小山丘。但在杭州湾，它已经够高了——在钱塘江下游平原，每一个小山丘，都有自己独立的高峰。

"钱塘江"，我念出这三个字时，耳边就响起了滔滔潮声：哗——哗——哗沙沙——哗沙沙。由近及远，又由远及近；由烈及缓，又由缓及烈。像喉咙里冒出来的酒味，又像春日的气温。我一下子想起了杭州湾咆哮而来的海浪，汹涌着，翻卷着，高声呼号，拍打着堤岸，卷起千堆雪。可以说，几乎不是海浪了，而是万千匹骏马驰骋在海平面上，马蹄踏溅起雪花，嘶嘶马啸，响彻十里。马群在奔跑中，剧烈地起伏，画出山脉般的弧线，扬起的鬃毛飘荡成天上的云朵。其实，我之前并没有到过钱塘江。新安江和富春江倒是去过很多次。

富春江，是我在学中国美术史时知道的。一个叫黄公望的人，画了一幅《富春山居图》，使富春江名传四海。1997 年秋天，我坐了八个小时大巴，到桐庐已是深夜一点。下了车，街上人影疏疏，夜雨稀稀，灯光橘红阔亮。我看见了富春江——灯光下，江面撒下细细的雨，一望无边。对岸漆黑一片，以至于我以为，深夜的桐庐，只剩下一条大江，和江边一个孤独的眺望者。

钱塘江作为南方养育人口最多的江河之一，尤其是钱塘江潮，一直被人吟咏。苏轼《催试官考较戏作》里说：

八月十八潮，壮观天下无。

鲲鹏水击三千里，组练长驱十万夫。

红旗青盖互明灭，黑沙白浪相吞屠。

人生会合古难必，此景此行那两得。

愿君闻此添蜡烛，门外白袍如立鹄。

江潮，不仅仅浪漫，更是一种豪迈。江潮，是人的生命情怀。年轻时，江潮汹涌澎湃；人到中年，历经千山万水，大开大合，江潮千卷万堆；至晚境，懂得坐卧云起，月如游鱼，江潮浪来涛去。

我去过杭州很多次，去过杭州很多地方，唯独没有去过城里的钱塘江畔，更别说听江潮了。有月升月落，便有潮汐。喇叭口像鲸鸟的鸟喙，长长地啄入杭州湾，引起特大涌潮，是世界一大自然奇观。农历八月十八，钱江涌潮最大。观潮的最佳地点，是萧山的美女坝和海宁的盐官镇。美女坝看的是回头潮，也叫"美女二回头"。

美女坝，便是在红山脚下。于钱塘江而言，红山不仅仅是一座山，更是一个地理坐标。

美女坝是一道由南向北插入江心的人工筑起的丁字坝。1950 年之前，红山方圆几十公里是一片滩涂。

大海与钱塘江交接的水口，淤泥堆积。淤泥里含有过高的盐分，杂草也难以生长。潮水汤汤，每月都要淹没几次，不适合人居住生活，因此亦无人烟。辖地归属于当时的绍兴县头蓬盐乡。地名释百意。蓬是多年生草本植物，叶似柳叶，子实有毛，生命力顽强，迎秋风开花，花白色，中心黄色。无论是干旱地带，还是水泽地带，蓬草都长得摇曳生姿。只要不将之连根拔起，怎么割也割不死，要不了几天，刀割处又长出细绿的幼芽。"蓬"的释义有散乱、旺盛等，头蓬便是第一散乱或第一旺盛。1959 年，头蓬盐乡改为头蓬盐场，归当时的萧山县管辖。当时的盐场有盐民 2000余人，白地近万亩。白地是最不适合植物生长的土地，因常年受海潮的侵袭，盐分积淀了下来，太阳暴晒后呈白色。

2019 年 3 月初，我来到了距离萧山机场 5 分钟车程的红山农场。之前，在我的想象中，农场就是种田种树苗，田园春色，阡陌交织，溪水纵流。可到了红山农场，我才发现自己的无知。大地的神奇在于能容纳一切的人，容纳一切的物产。

这是一个崛起的高科技都市，一个新兴的空港城。

我甚至无法把这片土地和滩涂、白地联系在一起。一个叫陈中民的老人坐在我面前，当他谈起这片土地时，我恍若梦中。他有一张宽阔的脸，身材魁梧，声若洪钟，有着惊人的记忆力。他的脸仿佛冲破了往日的淤泥，透射出春日明媚的阳光。他是土生土长的头蓬人，世世代代生活在钱塘江边。或者说，他就是一株从白地里长出来的蓬。他所经历的每一件事，都成了他身上的细胞。做盐民时，他挑泥、堆泥、晒盐；做农民时，他扫大街、集肥、割苜蓿。他说，红山人是与土地相依为命的人。

微雨中，我去了红山。现在的红山，只是一个非常普通的土丘，乔木和灌木十分茂密。樟树和松树，包裹了整座山。远远看去，红山像一座翠绿的庙宇，也像停泊在大江边的绿舟。映山红还没有开，樱花和野桃花开得格外招眼。站在山顶上，可见墨绿色平原。开阔有致的平原，像一个赤子的胸膛。不远处，便是浩浩钱塘江。钱塘江逶迤而来，由西向东。美女坝像一条江豚，从江面，拱出了浑圆修长的脊背。此时，江水平静，寂寂无声。岸边裸露的江滩，呈凝重的黑色。江水是白白的，但看起来，有些灰绿。对岸便是杭州城。

几只江鸥，在江面上，振动着翅膀，缓缓飞。

钱塘江是奔流千里的大江。一条大江，有无数的支流，每一条支流又有无以计数的小支流。江水来自雨水的汇集，来自横亘不绝的山川。

江水是柔软的，滋润万物，也淘洗万物。

白　溪

　　白溪可能是我见过流程最短的一条溪流。说是一条溪流，倒不如说是空空的河床。床，是人安睡的地方，人的一生大约有三分之一的时间在床上度过。动物固定睡觉的地方，有的叫巢穴，有的叫巢，有的叫窝，有的叫窠，有的叫泥洞。大部分动物睡觉没固定的地方，或躲在树叶背面，或躲在花蕊里，或躲在屋檐下，或躲在墙洞里，或躲在岩洞里，或躲在石缝里。牲畜睡觉的地方，叫圈；家禽睡觉的地方，叫笼舍。牲畜与家禽，是人最亲近的动物了，它们睡觉的地方都不叫床，怎么溪流淌过去的地方，叫床呢？溪流会疲倦，会停下来睡觉吗？棺椁称眠床，溪流也像人一样需要眠床吗？

　　溪流是躺不下来的，它的命运是流，是淌，是奔腾。躺下来的溪流，是终结了的溪流。在雁荡山，我踱步河畔，大叶桂樱在堤岸如伞盖一般罩下来，墨绿墨绿的，沙地上的菖蒲略显焦黄，裸露着的河床，赫然欲吞噬我。它像一条灰白且长的舌头，似乎随时可以把一个注视它的人，卷进它巨大的空腹——在冷冬，它有着一副贪婪的面孔，那么饥饿，午间和煦的阳光也不能填饱它。河床还是原始的模样，河石看似杂乱却有序，曾经的洪流和时间，把任何一颗石头，都安排在恰当的位置，或交叠，或彼此支撑，或孤陈在泥沙里，露出半截圆头。河沙和卵石把河石浮在虚空。我沿着能仁村，往下游走。一个不存在的下游，像一条（不存在的）溪流的下半生。逐日凋敝的洋槐，衰老的柳杉，冰凉的山风，在一个远游人的眼里，会慢慢会聚、缩小，如一滴寒露，那么重，相当于一个时间的背影。

堤岸高约两米，斜在河床上的野树遮住了不多的村舍，拾级而上的菜地箍在山边。河床像一条被甩出去的鞭子，而握鞭的那只手，突然被什么抽空力气，鞭子落下来，却保留着弯曲、扭动时的弧形——和蜕皮的蛇差不多，蛇跑得不知踪影，蛇皮干枯在那儿，把蛇痛苦的形状留在影子上。

白溪在雁荡山镇境内，源头之一为小龙湫瀑布。小龙湫与大龙湫背山相隔。大龙湫瀑布与贵州黄果树瀑布、黄河壶口瀑布、黑龙江吊水楼瀑布并称中国四大瀑布，而大龙湫以其落差为 190 余米，被誉为"天下第一瀑"。雁荡山于亿万年前，火山喷发，落熔成岩，因山顶有湖，芦苇茂密，结草为荡，秋雁南归栖息于湖，故名雁荡。雁荡山脉，绵延几百公里，山岩如屏，飞瀑叠泉，百溪成流。白溪自源头而下，溪水淙淙，明澈透亮，溪出三里，过能仁村，溪水渐渐干涸，了无影踪。河石有黑褐色火成岩石，巨如方桌，有灰白色圆石，有长满苔藓的麻石——河床有了河石的方阵。河床凹处，有了潭，深蓝，小鱼嬉于间，如山中童子。不出千米，每每有石拱桥横跨两岸。石拱桥均以麻石修建，石栏杆在密林间隐约。桥头有三五屋舍或庙宇。

每一条溪，都曾经有过洪流。洪流是溪的盛年，溪为洪流而存在。每一年，洪流会三番五次横扫裸呈的河床，摧枯拉朽，万马奔腾，不绝于滔滔。人的一生，又会有几次洪流呢？我们去爱一个人，去面对一次生死，便是历经一次洪流。而洪流总是把我们带走，把灵魂带出了我们的身体，让我们干涸、干瘪，丧失很多生趣。在雁荡山南麓和北麓，我走了两天，我几次问自己：我爱的，是什么？不爱的，又是什么？怎么去迎接下一个洪流？

村因溪而生。能仁村、灵岩村、谢公岭村、响岭头村、白溪街村。村人多种石斛、椪柑、菜蔬。也多小生意人，卖山珍，卖地方小吃，卖盆景。山不高，连绵，峰石突兀，岙深通幽，曲径若现。密林多水，水汇成溪。冬深雁高，树木层染，草白草黄，溪水羸弱，渗入河沙而消失。春夏之际，海边会有绵长的雨季，雨从雁荡山披散而下，成片乌黑，盖压而来。岩壁哗哗，水奔泻飞溅。树林，竹林，芭茅，一阵阵雨水白亮油绿，晶莹如珠，沿树根，沿草根，顺着屋檐，顺着沟壑，来到了河床。溪流汤汤，咆哮声响彻山岭。临溪而眠的人，有福了。溪流洗涮着泥尘，洗涮着人的脏器，洗涮着山河。

水急，则流速快。白溪主流长四十公里，要不了一个时辰，便入了乐清湾。浑浊的海水早早地等着，如一个巨大的容器。白溪融入海，如同一滴水消失在汪洋里。雨也最终消失在海里，但雨会再次从海面升起。海是另一个巨大的人世间，一层层的泡沫泛起又破灭。

冬日的阳光，如旧年的棉花，淡淡白，淡淡黄。雁荡山的野花，大多已凋谢，只有路边的山茶旺盛地开放红花，那么艳丽多姿，和冷涩肃穆的山色形成强烈的反差，似乎喻示苍山不老，大地俊美。河岸杂芜的菜地边，金盏菊开得秘不示人。屋墙挂下来的白英，结满了红浆果，圆圆的呈颗粒状。矮墙上的草本海棠，花朵蜷缩，成了干燥花——它已忘记了凋零，忘记了盛开，忘记了雨水的浸润和阳光的催生，它甚至不在乎白溪的暴涨与干涸，时间交给它的，它交还给了时间。生命若无，四季无情——这是最好的来，最好的去。

白溪赤条条地裸呈了自己的骨骼，那是一张溪流的眠床。溪流不会死，也不会终结，而是散去，散到了沙泥里，散到了云层里，散到了植物的身体里。溪流在等待来年的复活。它要旺盛地繁衍，为生而息。白溪，是另一个我，在东海边，被我毫无意识、毫无预料地遇见。这两年，我去过很多地方，去深山，去海边……那么目盲，我一直不知道自己在寻找什么。一个人在没有尽头的铁轨上，一个人在高山之巅深夜遥望月亮，一个人在武陵源听深冬冷雨，我似乎在期待一种我并不知道的东西降临，等待一个天之涯的人坐在我身边，等待一滴寒露塌陷在我额头。

无论走多远，只为和自己相遇，如同劫后重逢，如同洪流之后的再度拥抱。山河多故人。在白溪边，在显圣门山谷，我眼前几次出现了幻觉：穿黑色复古服饰的人，金边绣花看起来像凤凰，这个人一直走在我前面，头发有瀑布般的流线型，在转弯的山道，不时回头看我。这个人以前来过，以后也会来。我随着这个人的影子来。或者说，我带来了影子。这个人，提一个水罐，银饰叮当作响。我深深地爱上了这个人，绛紫色的头巾上落了一层细细的雪花。我贪恋生，从未有过的贪恋，第一次如此贪恋。在这异乡的溪边，太阳如树上的野柿。我爱这个无常的尘世，爱深冬的枯草败枝，爱没有水流的河床。这个世间，有我爱的人，有我爱而无言的人，有我爱不够的人，有我不够爱的人。一生并非如自己所愿，但命运已经做出最好的安排。山梁安排了日落，悬崖安排了飞瀑，潮涨安排了潮落。你安排了我，生安排了死，在没有结束之前，我不会安排自己遗世独立。

　　白溪的旅程很短，我以踱步的方式，走到了它的尽头。在乐清湾的西门岛，冬日灰色的天空铺满了云翳。苍莽的海面，不见帆船，不见海鸥。沼泽地的海草被风吹得倒伏着。雁荡山的溪流在这里，与大海相汇，清浊交融。

　　河床在等洪流的到来，我等的是什么呢？白溪，在雁荡山方言里，即无水之溪。无水亦可成溪，是生命的大浩瀚。

风声是一种纪年

山体高耸，拔地而起，呈圆锥形往上伸展，如垛如塔，如密密匝匝的立柱。山梁连接着山梁，如远古浩荡商队的马匹，在浙西南大地上，不知疲倦地踏阶而行。悬挂在马头的摇铃，叮当叮当，清脆、悠远、寂寞。货袋里缝着故土的气息：咸鸭蛋、梅干菜，黑布鞋、蓝头巾，盐巴、茶叶。马匹壮硕，肌腱如鼓，摇铃有马蹄踏步的舒缓节奏。驮货人戴着尖帽斗笠，扬着马鞭，"嘘嘘嘘"地吹着口哨。峡谷是一块长瓢状的肺，做长呼吸。呼时，云四处飘散，潮水般败退；吸时，云慢慢盘缠，黑如胶漆。肺鼓起来，瘪下去，山脊线似波浪般起伏——哦，仙霞岭山脉是隐秘的巨型庙宇：山与山之间的坳谷，是疏疏的瓦垄；山脊线勾画出各个殿堂的立体廊檐；葱茏的森林是黏附在墙壁上的苔藓，那么幽静、雅致；丽水盆地是庙前的空地，钟声从这里飘向天宇。

一条江把庙宇围拢。江是乌溪江，带来日出，也带来日落；孕育胚芽，也霉腐枯叶。

乙亥年三月末，我进入仙霞岭山脉。从遂昌县城出发，中巴在崇山峻岭间弯来绕去，像一条墙根下的蜈蚣。出发之前，我并不知道自己要去哪里——去的地方，我不喜欢事先知道——这让我有了在迷宫行走的错觉。山在峡谷两边斜拉开去，茂密的植被板结了初春浓郁的色彩。山坡上的杜鹃花，一蓬蓬，娇艳欲燃。野山樱从绿树丛中突兀出来，花事虽将尽，仍白白一片堆积在枝头。峡谷慢慢收拢，山峰陡立。一条大江在峡谷静静流淌。我怔怔地看着窗外翠绿的溪流，竟然失语。大江流淌得过于安详，过于专注。

临近中午，到了一个江边小镇。在桥头，我下了车。我在一个木头指示牌上，看到了三个字：王村口。小镇依江而建，两岸屋舍如春季的荒野蘑菇，古朴生动。河岸筑起了高高的石墙，收窄了河床。河床清瘦，裸露的河石被河水磨圆。江水撞击着河石，有了哗哗哗的奔流声，击出飞溅的水花。我站在桥沿往下看，水珠被风扬起，扑打在脸上。水珠清凉，沁人心脾。

桥是木廊桥，有些年代了，桥墩上长了稀稀的地衣类植物。一对情侣在桥上照相，以江为背景，扶着栏杆，满眼春色。我想，他们也该是这个镇子里的陌生人，如我一般。廊檐往桥身两边斜，斜出如残月。岸边人家临江的院子里，梨花开过了屋顶，白灿灿、粉粉的一团团。篱笆外，高高的黄檫树上，杏色的花簇拥着。乌溪江从弯曲的山弯口转过来，直流，形成一个江滩。江滩黄白色，是河沙反射阳光的颜色。我扶着栏杆，看着看着，便过了江，进了村子。

我不知道这个村子是何时、从何地迁居而来的。从村子的体量看，最迟在元代，这里就有了人烟。村子像一把篦子，篦针是一条条巷子。巷子狭窄，铺着旧年的石板。巷子的格局，大多相同。巷子两边的屋舍，也大多相同：三层半，斜屋顶，小开门，屋后是院子。巷子一直往里伸，最长的巷子沿石台阶而上，逼仄着伸到山边菜园。在深巷里，依然可以听见江水声。江水像一辆马车，车轴咿咿呀呀，木轮子压着石块，轻微地晃荡。我站在山上，四处望了望，青山如笔，骄阳欲燃，油桐花开满了低处的山冈。最早落户江边的村民，姓王。村边的这段乌溪江随王姓，遂名王溪，村处江口，遂名王村口。

在没有公路的年代，这里是偏远的森林村落，但不会闭塞。乌溪江发源于九龙山，收集了仙霞岭山脉的雨水，浩浩汤汤，一路向西北，再向东南，流入衢江，汇于钱塘江，注入东海。先民坐上竹筏或木排，带着茶叶、香菇、木耳、棕皮等山货，顺江而下，换回海盐、布匹、陶器。在巷子里，我看到青石的门框上，都悬有"××门第"的匾额。顺江而下的先民，见过书声琅琅的书院、繁忙的酒肆、斜窗的花楼、雕花门楼的钱庄、温软款款的绍兴戏，他们把这些带了回来。他们在乌溪江两岸，建码头，修戏台，兴书院，开客栈，筑天后宫，于是有了村镇。王村口成了乌溪江流域的旅人安歇地，闽北与浙西南人员南来北往的古道驿站，货物也在这里集散。明崇祯年间（1628—1644），曾立防御厅于王村口，清代亦设驻防署。山区村镇进入了朝廷的视野。

码头不一定大，但一定高，河石砌垒的石阶，一级一级往下伸，伸进了泱泱的江水里。山中驮货的马，放养在山边，送货人把麻袋里的山货，一袋袋卸下来，送到收货铺。货物随江水走，江水流到哪儿，就在哪

a2ae2

儿销货。送货人随后回到了更深的山里。也有不回去的送货人，在客栈，认识了江边的姑娘，他把马拴在姑娘院子里的梨树下，随姑娘去垦荒、种田、采药。

峡谷纵深近百公里，江水也延绵近百公里。山脊线有多长，江水便流多长。仙霞岭山脉是武夷山山脉北部余脉，横贯闽北和浙西南，毗连赣浙交界处的铜钹山山脉。武夷山山脉是南方大地盘卧的苍龙，仙霞岭山脉是苍龙腾起时露出的一只龙爪。墨绿色的龙爪，深深嵌入浙西北大地。海啸喷出海浪一样的山体，并不落下，而是板结。延绵有致却相互交错的山梁被乌溪江绑在一起。

从村东出来，过宏济桥，转入一条极富文创特色的小街。小街呈镰刀状的弧形，铺了薄青砖步道。沿街的屋檐挂着红灯笼和平安结。灯笼上有刻字"酒"，白底黑字。飘展的旌旗插在门框上，旌旗上也有刻字"××黑茶"或"××佳酿"。或许是因为正午，街上并无其他游人。摆在街边的小花钵，栽了各种小植物，有的开花（如映山红），有的抽叶发芽（如蕙兰），有的依然焦枯（如美人蕉）。我进了一家器物店，店里卖蓑衣、斗笠、草鞋、竹篮盒、竹水筒、竹果盒、牛口罩。店无人看守。我唤了两声："老板，老板。"隔壁房子里出来了一个穿布鞋的男人，戴着深度近视眼镜，脸色泛红，手上拿着酒杯，说："有标价，不还价。"这些器物无实际使用价值，只是对乡村的一种缅怀。我看了看草鞋，可能是潮气过甚，少部分草鞋已经发霉，长了花花点点的小霉斑。

小街转上米，便是公路。集镇上的公路，也是街。街上开了林林总总的店铺，卖鱼的，卖羊肉串的，卖电器的，卖花苗的，卖散装中药的，卖豆制品的，卖瓷砖的。小餐馆里，伙人正在高声划拳，烧菜的妇人翻抖着铁锅，菜在锅里，抛上去，落下来。落下来的时候，铁锅发出滋滋滋的热油声。

乌溪江的流淌声，还是那个调门，哗哗哗哗。江边的人，习惯了这样的流淌声。太阳正悬，我的脚踩在自己影子的头上。我买了两个面包，往嘴里塞。确实饿了。作为低血糖症患者，吃是第一等大事。

离王村口不远的下游小村，路边停了二十多辆小车，车上的人在农家乐吃特色菜。河面宽阔，村头的江滩有零星的油菜花，金黄金黄。大多数的田畴爬满了鹅肠草。

　　仙霞岭山脉孕育了众多的河流。武夷山山脉如大地之树盘虬的主根，仙霞岭山脉是主根上缠绕的根须，远比五府山山脉、铜钹山山脉、黄岗山山脉更粗壮，更绵延，在赣、浙、闽交界之处，伸展四肢趴窝下来，鳞光闪闪。它的南部发育了南浦溪，成了闽江之源和主要支流；东部发育了龙泉溪和松阴溪，翻腾而下，向东，成了瓯江的主要支流。八百里瓯江入东海，通往滔滔水世界。瓯江口是继长江口、黄河口、珠江口、钱塘江口的第五大江口，帆船如织，群鸟翩翩；北部则发育了乌溪江，是衢江之源。

　　乌溪江向西而流，水卷着水。我举目四望崇山，有了错觉，误以为乌溪江向西再向南，经松阳，过龙泉，入瓯江。其实不是，而是向西再向北，直接注入衢江。而我一直不知道，仙霞岭山脉分水的山岭，是哪一道山梁。

　　王村口是乌溪江的一个村镇。乌溪江有许多这样的村镇，村镇的生活形态也大多相同。不多的梯田围在低矮的山坡上，白菜和萝卜开始开花，作为一季的菜蔬，它们已终老。我又转到宏济桥，靠着护栏，看着溪流。溪泛起翻白的水花，白茫茫的水面给我单调往复的感觉。桥下，溪流冲击出了深潭，水变得平静，发绿，浮游着一群鳞光斑斓的鳑鲏。一个老人在桥上晒萝卜，萝卜条皱缩，黄黄的。老人用手搓萝卜条，反反复复搓，搓出不多的盐水。他身上浅蓝的衬衫，有些泛白，被溪面涌上来的风，轻轻撩起。

——确实是这样，在一条溪流的奔腾史里，一个村镇，不需要明细的纪年。某年某月某日，发生某某事，于溪流而言，没有更大的意义。一个人的出生，一个人的故去，是一种纪年方式；一座桥的兴建，一座桥的倒塌，是　种纪年方式。雁南雁北是一种纪年方式，水涨水落是一种纪年方式。

来乌溪江之前，我不懂这个道理。

在溪边，听着水流声，听久了，便觉得那不是水流声，而是山道上的摇铃，在当啷当啷作响。驮货人戴着瓜皮帽，低低地哼着只有他自己听得懂的山歌，码头上的摇铃不紧不慢地摇响，如草叶上溜走的风声。

风声是最细腻的纪年，刻在每一个人的额头上。

夜宿万福寺

"你们三个男同志，晚上住万福寺。我带你们过去。"夏履镇的俞伟燕站在双叶村祠堂门口，热情地招呼我们。我们看完绍兴戏，刚从祠堂出来，站在街口，我一时分不清东南西北，恍恍惚惚，不知肉身置于何处——我还没从《梁山伯与祝英台》的剧情中回过神来。艺术会创造出自己的空间，在另一个维度，把人的魂魄带进幽深之处，而令人忘却凡尘。

夜色浓密。许是晚秋的缘故，在会稽山的腹地夏履，夜色来得快，像游来的一群深海鱼，乌压压，不动声色，突然水声喧哗、海面涌动，鱼飙上来，四散而去。在两个小时前，夜色从冰凉的晚露里分泌出来，稀疏、潮湿。夕阳还没完全坠落，水粉色的霞光架着溪流奔泻，泻到山巅之上，泻到晚秋慢慢垂下来的额头上。夜色于山巅漫溢，如濯洗之后蓬散的黑发，被风撩起。气温急速下降，露悬在紫苑上方，悬在欲燃欲熄的美人蕉上，悬在天边残月上。霞光涤荡，天空变得灰白，继而变得暗灰，峡谷慢慢收拢，如一条慵懒蜷缩的蟒蛇，皮鳞灰蓝。

车在峡谷中的公路上慢慢行驶。峡谷狭长幽深，公路外是里山溪，无声无息，流往鉴湖江。溪两边的山，像一对翅膀，贴着大地飞翔。晚露滴在溪面，夜被溪水翻涌上来，涌上竹林，涌上灌木林，在高空汇聚，结出三五颗星斗。村舍隐着橘黄色的光。拐过一个山湾，有开阔的山坳，灯火如一树繁花。"万福寺到了。"俞伟燕说。

"真是个好地方。"不知谁说了一句。

"客人，请随我来吧。"迎接我们的是一个小师父。他提着一个红灯笼，穿一件浅黄色的衲衣，清瘦，略微弓着身子。我站在寺庙前的院子里，望着大殿的灯，怔怔出神。

"客人，露重，随我进客舍吧。客舍三间，是香客住的。你们一人一间。"小师父说。

夜寒，有极稀的雨。看不见雨丝，听不到雨声，更没有雨点。雨是山中雾雨，蒙下来，被风吹在脸上，如塌在毛孔里，冷得人有些发痛。我摩挲着自己的肩膀，让自己暖和一些，因为我只穿了一件薄衬衫。我没料到夏履的秋夜，会这么冷。

恭送客人进了客舍，小师父说："你们要喝茶的话，隔壁有茶舍，住持会陪你们喝茶。"

"天太冷，不喝茶了。明天早上拜访住持。"其中一位客人说。

小师父应了一声，转身出了走廊，低着头，举着灯笼，往院子里走。我站在客舍门口，看着他慢慢被灯影覆盖。灯影叠着灯影，墙隔着墙。寺庙依山而建，庙前是一个大院子。客舍在院子的右边。

风呼呼呼灌入走廊。也不是风，是潮湿的，冷冷的空气。空气无处不在。我关上门，铺开被子上床。我看看时间，晚上九点还没到。冷空气，不但给人作用力，也给时间作用力，加快了时间的流速，让人恍惚：怎么夜就这么深呢？

诵经的声音传了过来，是几十人诵经的声音。我不识经，也听不出诵的什么经。我听了几分钟，心一下子安静了下来，也不觉得太冷了。我和衣坐在床上，闭上了眼睛。诵经，还有伴奏。伴奏是录音播放，我听出的乐器有唢呐、二胡、电子琴、木鱼、铙子、小鼓、铃子。在道教、佛教音乐中，木鱼是不可或缺的乐器，嘟嘟嘟悠扬有力，富有很强的节奏感。

伴奏声始终被诵经声淹没。诵经声起伏有致，洪亮如黄钟，舒缓如溪流，开阔如原野。我身歇之处，似乎不是客舍，而是一片秋天的大野，阳光煦暖热烈，大空澄蓝，金色的草甸浮着草浪。我坐在大野的中央，被暖暖的气流环绕，干净的草甸上有孤鸟在飞，追逐着草浪。

我从来没有听过集体诵经，更别说在晚上听众人诵经了。但这段经，旋律很熟悉，我也跟着哼起来。

唱颂什么，我也不知道。我内心有小小的潮汐在汹涌，没有喧哗的碎浪声，沙沙沙，如风过竹林。潮慢慢上涨，往我心口堆上来，堆上来，淘洗着我。又慢慢落下去，落下去，露出白白的沙滩。

下车的时候，我并没有听到诵经，也没听到伴奏。诵经是什么时间开始的，我竟然没有任何记忆。

在床上不知道坐了多久，迷迷糊糊了。

嗓——嘟嘟，嗓——嘟嘟。我被清脆的风铃声摇醒。我拉开窗帘，推开窗户，浅白浅黄的光映进来。

诵经声已停歇了。窗前一株君子竹有一半多的竹枝，遮住了下半部窗户。嗓——嘟嘟，嗓——嘟嘟。风铃的韵脚，一长两短。风摇动了铃铛，小瓷环击打在瓷铃的内壁，发出"嗓——"的长韵。小瓷环钟摆一样荡回去，击打在另一侧的内壁，因力度变小，有了两次更轻的碰撞，发出"嘟嘟"两声短韵。我听了十几分钟风铃，有了这个猜想。瓷铃铛比铁铃铛发出的碰撞声，更清脆，更圆润，也更柔和。谁会在寺庙里，挂这么多情风雅的铃铛呢？

嗓——嘟嘟。嗓——嘟嘟。一直在响，我却判断不出铃铛挂在哪个方向，离我有多远。我细细地、久久地辨听，觉得它在东，它便在东；觉得它在西，它便在西；觉得它在南，它便在南；觉得它在北，它便在北。我扬起头，看客舍屋顶，又觉得风铃悬空在屋顶之上，被不知疲倦的秋风，不知疲倦地摇。

君子竹的有些竹叶焦枯了，但并没落，和青叶一起缀在斜弯遒劲的枝丫上，泛起盈盈水光。雾雨蒙了很多水气在竹叶上。水气滑下叶子，叶子下垂又弹回去。滑下去的水如露珠，圆圆亮亮，落在地上，发出啪哒一声。啪哒，啪哒。滑下去的水珠，不疏不密，不疾不徐，像琵琶上流过的岁月之河。哦，听到水珠滑落之声的人有福了。

我起身出门，披着一条竹青黄的薄被，在院子里走。寺院的灯光似乎暗了一些，但依然明亮。依山而建的寺庙，显得高大、古朴、幽静。院子里只有我一个人。不远处的清坞村在山峦之下，露出稀稀的灯光。天有了浅白的光。这是天光，天自然而然瀑泻的光。篱笆围起来的花圃，有淡淡的黄。秋夜的菊花圃让院子发出静谧的光泽。我摸摸头发，有些湿湿的。披一条薄被在身，我哑然失笑——多像一个披着袈裟的老僧。

万福寺始建于唐代，旧称太坞寺。几经变迁，在近年发展扩大，建万福禅寺，成绍兴一方禅林，被列为夏履"十二盛景"之一。现存山门，保存"太坞寺"匾额。我是很少去寺庙的人，怎么今夜却抱身一人，来到空无一人的院子里，独自流连？

菊花圃，让我想起了苏东坡。他写过《寒菊》："轻肌弱骨散幽葩，真是青裙两鬓丫。便有佳名配黄菊，应缘霜后苦无花。"

苏东坡爱去寺庙寻踪觅友。僧人中，有他的天涯知己，有他的生死莫逆之交。苏州定慧院杂役"净人"卓契顺，随定慧院长老守钦学佛。苏迈住在宜兴，想念贬谪于惠州的家父，但家书难寄。卓契顺自告奋勇，徒步两个月，风餐露宿，走了千余公里，把家书交到苏东坡手上。苏东坡见他脚茧如豆，面如风石，留他做客半月余，手书陶渊明《归去来辞》相赠，在题跋中详叙卓契顺送信经过。

游寺宿寺，是苏东坡（中年及中年以后）的常事。他留下了游寺的名篇《记承天寺夜游》：

元丰六年十月十二日夜，解衣欲睡，月色入户，欣然起行。念无与为乐者，遂至承天寺寻张怀民。怀民亦未寝，相与步于中庭。

庭下如积水空明，水中藻荇交横，盖竹柏影也。何夜无月？何处无竹柏？但少闲人如吾两人者耳。

万福禅寺的中庭，却无竹柏之影，也无月华空明。茶舍边的檐廊，却树影摇曳。檐廊之外，是一方池塘。天光如蝉翼，如冬雪夜的光反射。池塘如磨光了的铜镜。诵经堂坐落在池塘边。诵经堂闭上了厚厚的大门，诵经之声却仍然环绕于耳，嘤嘤昂昂。

回到客舍，喝了一杯热水，才觉倦怠，和衣而睡。嗓——嘟嘟。嗓——嘟嘟。不绝于耳。

笃，笃，笃。"施主，粥熬好了。"小师父在叩门。

"我已经走了一圈了。这么好的小辰光，我舍不得浪费呢。"

日已上了短杆，但风还是凉飕飕，如冰敷脸。我又问小师父："昨晚诵的经，是不是《往生咒》?"

"是《往生咒》，在给亡魂超度呢。"小师父轻轻地应答。他脸瘦而狭窄，肤黑却细腻。说话有福建口音。

"你是福建三明人吗?"

"三明人。我们村里的男人，有很多在寺庙出家。"

"《往生咒》诵了多长时间?"

"傍晚六点半开始，十点半结束。"

"很多人在诵经，无比美妙。"

"万福禅寺请了很多大师父来，给亡魂超度，要做七场法事。"小师父在前面带路，宽大的衲衣显得有些空荡荡的。在大殿右边的走廊，一只鸽子在地上觅食。地上除了沙粒，什么也没有。我问小师父：

"这里怎么有鸽子呢？寺院有人养鸽子吗？"

"香客送来放生的。鸽子在这里习惯了，哪儿也不去。"小师父答。

鸽子可能在这里，有很好的吃食，肥肥的，也不飞，在地面上跳来跳去，扑棱着翅膀。我不喜欢这样的鸽子，作为鸟，它忘记了自己有翅膀，它不去呼朋唤友，也不去寻找配偶。它除了吃，就是眼巴巴等人抛撒食物。

"住持在茶舍，等你喝茶了。我带你过去。"小师父说。

"不敢劳驾师父，我自己去。"我说。他双手合十，躬身。我看着院子右边的百年老樟树，兀自说着话：往生净土，往生净土，往生净土。我也双手合十。

"好雅静的茶舍。"我说。住持正在泡茶。

"茶禅一味。"住持满面红光，很有智趣。

"住持，昨晚的诵经，唱的是《往生咒》吗？诵的经文是什么？"

"诵《瑜伽焰口》，把一本经文诵完，得三四个小时。超度亡魂，驱赶饿鬼。"住持抬眼望了我一眼。

"听了一个晚上的《往生咒》，会觉得自己有通透感。有《瑜伽焰口》，我也想念念。"

说着说着，我说起了昨晚的音乐。我不懂音乐，但当音乐流入我心中，我脑海中就出现了纯净的、死灰般寂灭的、庄严的场景。也可能正因为这样，所有的艺术都是先进入内心的，无论是世俗的，还是宗教的，抑或是最美好的境界，如夜景，而后方能通身达魂。

"昨夜风铃一直在响，怎么现在不响了呢?"我问住持。

住持笑了，把茶抿进嘴巴，说，其实风铃是一直在响，现在还在响，现在听不到，是因为有了人声，有了动物声。风铃响得很轻，夜深了，听起来才清脆悦耳。

和心跳声是一样的，我心想。我细细地辨听，一点风铃声也没有。我说："我听了半夜风铃，还判断不出风铃挂在哪里。"

"你完全静了，心安了，风铃便响了。风铃挂在哪里，也不重要了。"

我侧脸看着窗外，见几十个大师父穿着袈裟，低头躬身，分两列往大殿慢步走。他们又去诵经了。一个大师父坐在大樟树下，双手合十，神情专注，看经书。

一辆商务车在院子里停下来，车上走出一个穿短袖红汗衫的女子，很是健美。"俞伟燕。"我叫了一声。她转头笑了一下，客气地问："昨晚住在这里还好？"

"仿佛住在人间幻境里，不知自己是人间孤独客。"

"什么孤独客？快去爬山吧。"

"我收拾一下行李。"我开门背包出来，头碰上了什么。美妙的音乐发出来了：嗓——嘟嘟，嗓——嘟嘟。原来是风铃。风铃原来挂在檐廊上。

嗓——嘟嘟。这是另一种钟声，万福禅寺最细微最幽深的钟声。

新叶古村记

　　怀玉山山脉勒住了缰绳，东奔的烈马停了下来。群山如一锅沸水，暂时不再潜射，水花凝结成了低矮的山冈。龙门山像一把圈椅，新叶村偃卧其中。

　　在新叶村，我有长久的恍惚：夏日蒸腾般的晕眩、古老巷弄幽深的迷失、池塘倒映出来的幻觉、旧年屋舍散发出来的阴凉、溪流时断时续的亘古之声、灼日下荷花盛开的夺目光晕……午间酣睡在走廊里的老人，晒在竹圆匾里鲜红的辣椒，失去水色又略微卷曲的君子竹叶，剥落了石片的碾盘，千年的水井浮起今晚的淡淡月色——群山在望，苍鹭在茂密的灌木林栖落，指甲花映在门前的空院。

　　在大慈岩镇，看了里叶十里荷花，我们便来到了新叶古村。车子在盆地行驶，如一只蚂蚁爬在桑叶上。盆地是浙西北新安江流域惯常的地貌，田畴被风推开虚拟的院门，禾苗青韵涟涟，路边的屋宇掩映在果树之中，挽带的河汉时隐时现。天空渐变着色彩，油绿的，蔼黄的，淡白的。白日照射，车窗下的人，慵蜷欲睡。

新叶古村始建于南宋嘉定年间，叶氏先祖叶坤从寿昌湖岑畈入赘娘舅夏氏家，繁衍至今，已三十余代。夏氏人丁不旺，被迫外迁，而叶氏根深叶茂，开枝散叶。同游的朋友们在村口看文昌阁、重乐书院，我却在路边货摊看桃胶。摆货摊的是一个老妪，卖茶叶、笋干、莲子、莲心、梅干菜，也卖桃胶。桃胶晒在竹匾里，透亮的晶红，色泽如蜜饯。桃胶呈圆珠状，看起来也像蜂胶。桃胶是树脂从桃树皮缝隙外溢，风干凝结而成。树脂外溢时，是尤色的，慢慢渗慢慢结，却瞬间氧化变色，如琥珀。蚂蚁喜欢沿着树皮的裂缝往上爬，爬着爬着，被芳香的树脂黏住了，像人落入沼泽。我站在货摊前，四周望望，全是桃树，浓荫叠着浓荫。桃胶是桃树的"血液"，桃树会"血尽而亡"。桃树是短寿的树。昆虫爱吸噬含果糖的桃胶，进而啃噬木心，桃树会因烂心而死。

桃树茂密之处，即村舍。村舍呈半扇形围拢成村落，村落中央有池塘。塘叫南塘，像一块长满了绿锈的铜镜。石砌的塘堤爬上了苔藓。塘口有一片葱绿的蔬菜地。水生万物，千年不息。翘起的瓦檐，粉白斑驳的砖墙，窄小的房门，高大的池杉，闲散的人影，它们被一并收入南塘，像是沉落水底，又像是浮出水面。南塘成了近似谜语的象征物。宋朝大理学家金履祥在规划新叶村时，以"山起西北，水聚东南"的格局，开挖了南塘。塘一般用于聚水灌溉，洗衣洗菜。可一座历经八百多年沧桑的池塘，更像一座时间的钟塔。它会照见什么呢？年年日日，人在池塘的水影里更替，池边的人最终随星辰落入塘里。钟声会虚化，消失在风里。在池塘边站久了，眼前会浮现各色人物，说不清楚他们是谁。他们从不可知之处，来到南塘边，握手相逢，拥抱告别。或许是"相见亦无事，不来忽忆君"，从村里消失的人，又会回到这里。

人工通浚的两条溪流，注入南塘。溪流即是村界，叶氏居于溪内。巷弄沿小溪而建，石板道逼仄幽深。一个人在巷弄走，足音跫然。每一个人的脚步声，都是孤独的，仿佛在说：过客，过客。我也是一个人走。我的脚步轻缓。灰白的房墙有粉屑剥落，露出黑色的老青砖。每一堵墙，斜斜看上去，都像被洇湿而后晒干了的纸画。画是写意的山水画，疏淡，空蒙，留白耐人寻味。画中不见人影，也不见村舍和田园，只有点点的山影、树影和晚秋的肃穆。巷弄九曲，让我觉得巷弄如干涸的河床，人如无水之舟。交错的巷弄，似乎是一个迷宫。站在巷口，往里望，墙垣劈立，低缓的石板台阶形成的斜坡面，与悠长狭窄的深度，构成了乡人回忆中不可遗忘的角落。三两个老人坐在台阶上，低声地交谈。他们的脸上有新安江的纹理。他们面善目慈。他们的语调温软款款，交谈的是人间的秘密。他们是远古的人，也是未来的人。

在巷弄的尽头，有酒家。屋檐下的纸灯笼，暂时把灯光暗藏在灯芯里。酒是五加皮酒，自家酿的，封在土陶酒缸里。封酒缸口的红布紧绷着，使我深信：这不是酒缸，而是一面鼓。嘣嘣嘣，鼓声雷动，可惜我们听不到——鼓声寂灭在天井的雨滴里（曾经的，将来的）。一株种在石臼里的吊兰，叶片肥厚，始终不开花。新叶村家家户户均自酿五加皮酒，而酒家只有一处。悠闲的人、寂寞的人、劳顿的人、焦心的人，坐在木桌旁，喝一碗，一切烟消云散，了悟：人间终究是人间，活着就是做人间的人，说人间的话，干人间的事。

　　一个族姓留存下来的村子，内部有着严格的人伦秩序。人子是秩序中的一个铆钉，屋舍是秩序中的榫头。秩序内，结构精密，井然有序。叶氏的总祠堂称作"有序堂"。堂前赫然挂着气象万千的匾额，上书"道峰会秀"。耕读传家的叶氏，把这四个字，作为代代人的理想。堂内有戏台，内堂如朝庙，雕梁画栋，气势恢宏。戏台前的两根大柱子，贴着一副戏联：

　　　　曲是曲也，曲尽人情愈曲愈明；
　　　　戏是戏也，戏推物理越戏越真。

　　堂内柱子上都贴了对联，如：

　　　　演以往若正若邪宜认真也；
　　　　看将来受福受祸毋视戏焉。

　　这些对联选自《玉华叶氏宗谱》，是叶氏人的警世恒言。民国首任浙江省省长夏超在民国十三年（1924）为有序堂题写"可以观"。"可以观"，是一种人生哲学，也是一种人文生态伦理。

　　新叶村多老祠堂、老祖屋、老戏台、老巷弄，它们是叶氏血脉的见证，也是时间顺流而下携带的内含物。让我流连的，是双美堂。这是一栋老民居，有前房、侧房、前花园、后花园，建于民国初年，属于徽派建筑。前花园有百年罗汉松和青石水池，天井内四根柱子的材质分别是柏木、梓木、桐木、椿木，寓意"百子同春"，墙上有鹿、鹤壁画，后花园有鱼池和吊桥。可以想见，这是一个有情调的大户之家。老民居亮堂洁净，并无人居住。客厅的搁几和茶桌还在，曾经的主人去了哪儿？他的子嗣又在哪儿？他们是一群下落不明的人。罗汉松葳蕤婆娑，松叶黑绿，树干上有一层层脱落下来的衰黄的皮屑。

　　晌午，阳光炽烈。几个小孩坐在巷弄石阶上，舔舐棒冰。棒冰在融化，水渍淌在他们的手掌上，淌在他们的衣服上。枣树上麻红色的枣子，引来乌鸫啄食。南塘如一块砚台，被静默地搁置在新叶村这张方桌上。

　　龙门山逶迤，山冈毗连山冈。在群山的起伏里，我四顾茫然。我望望新叶村，对时间充满了无比的敬畏。时间是最大的洪流，以摧枯拉朽之力，毁灭一切，淹没一切。在新叶村，我看到了时间遗存下来的踪迹。这些踪迹，是人间不会消散的体温。

长汀的雨

　　群山幽凉的气息，扑面而来。这是一种混合的气息，竹林深处的寂静所发出的腐殖味，长汀溪泛起来的鲜苔青味，七月幽涧里的兰香，溪边人家的柴火燃烧的裂木味……被云朵运载而来。我站在长汀溪边，静默地看着不远处的群山。群山被白白的云雾笼罩，像湮没在晚雾之中的荒野扁舟，船歌已远，客舍青青，柳丝缱绻。

　　空气里，有细细的水珠，散雾般。我们走在店头街，不觉得水珠有丝毫的重量——丝丝缕缕的轻，给我们另一种重：这是异乡，适合心灵远渡。店头街是一条百年老街，门板店一家挨着一家，红灯笼挂在街头，似是对远去的记忆的召唤。门板是杉木的，粗陋的木纹被污渍覆盖了，渗出油油亮亮的暗光。瓦檐外伸，遮住了半边的街。黑黑的瓦檐下，山茶花、杜鹃花开得肆无忌惮。街面上，有几家恪守古老手艺的老店。有俞氏世传木雕店、锡壶店、世龙膏药铺、汀州妹子编织铺、棺材铺、油纸伞店、芋头糕店等。屋舍与屋舍之间，有长长的风弄（赣东北方言，意为通风的弄堂）。从风弄口往里看，悠长、黑蒙蒙的光线中依稀可见坐在椅子上下棋的老人，剥菜叶的妇人，穿蓝印花布的刺绣少女。风弄与四方天井相通，绣球花在白墙下一团团地打滚，一块手帕大的天，投下一片白光。雨丝把白光沥下来，纤尘不染。

这是远古而来的光，慢慢地，漫上了我们的心头——我们从来不认识这样的光，但熟悉它，心里一直储存着它，它和我们柔软的故乡有关，和我们久久没有探望的母亲有关。水珠积聚在瓦檐，一滴一滴，漫不经心，适时地滴落在我们正好经过它的头上。我们摸摸头，会突然觉得，坐在门口熬药的老人，像是我们的余生。

古汀州因境内长汀溪得名，治所在长汀村，长汀村唐时属长汀县。长汀县地势北高南低，绵绵而入武夷山脉南麓，是客家人聚居地，被誉为"世界客家首府"。群山竞秀，搬运浩渺雨雾。山中多竹林，多灌木，多阔叶林。汀，即水边平地，汀州，即水边小绿洲。县城依长汀溪两岸而建，溪水清洌，浪花滔滔。雨珠开始细密，一层密过一层，滴滴答答，溪面跳起泡沫状的水泡。街面上，很多老屋已无人居住，荷叶状的铜锁紧扣木门——这是离去的人所念念不忘的脸，风霜雨雪之中，会幻化出溪边的日出日落。

石板路在微雨中，像是另一条溪流，人走在路上，脚印被冲走，身影被冲走。安静的人，能听到无声的流逝之声。我想给远方的人，写一封信："雨中勿念，山中万物安然。"我们一生之中，时间以各种形式和我们说话：七月十二日的晌午细雨，发出银亮光泽的铜锁，台阶上的枯色青苔，老院子前的硕大铁树，棱角被磨圆的石板，瓦楞上的地衣，抽叶的水仙花，阁楼上轻轻的摇篮曲，睫毛上的水珠，无人查收的信件……我们唯一可以做的，是静听时间要告诉我们什么。

汀，我以为是最美的汉字之一，让我想起掬水可饮的泉溪，春阳下的绿色草滩上开着的各色野花，傍晚游弋的夕晖，牛群在泥潭里洗着泥澡，一群群的白鹭从香樟树上掠起，浣纱的女儿顺带把头发浸在水里洗濯，白鸭嘎嘎咯咯在戏水玩耍，长长的夏布漂在溪面上，游鱼翻身跳过矮矮的石坝……汀那么长，弯弯曲曲，水从山垄里出来后，一部分潜伏在草丛，余者向低矮的沟地汇集，白白亮亮，人烟在树林里隐约可见。街坊蹲在门口的台阶上吃饭，棺材铺的铁锤在叮哒叮哒敲响。雨从山边被风刮来，稀稀薄薄，贴在脸上。

见了长汀，发现它与我所想象的模样并无二致。国际友人路易·艾黎曾说，长汀和凤凰是中国最美丽的山城。我觉得长汀是最适合思乡的地方。它的雨绵长，轻柔，一丝一丝地蒙下来。地面湿了，头发湿了，屋檐有了稀稀拉拉的檐雨声，不那么淅淅沥沥，不那么摧人心魄。这是思乡的节奏和韵律。

午餐是友人相请，吃的是地地道道的山珍，有野蘑菇、笋、菜头、高山黄花菜、河田鸡、小黄牛肉、酱黄瓜、黑纹蛙，食材天然淳朴，菜品清淡，原汁原味，山野气息浓烈。我并没有喝酒——酒会把我撂倒，屋外细雨如烟，我怎么能醉卧汀州呢？

长汀毗邻江西瑞金。七月十一日，我和祖明、徐鋆前往瑞金，拜望二十余年的老友——诗人圻子，又顺道前往长汀。这是我一直想去的地方。我觉得我内心有一部分属于长汀，或者说，在长汀可以找到我内心所遗失的一部分。这一部分，恰好被雨带来，让我枯萎的身体氤氲起来。

群　山

　　山峦在群山的皱褶里起伏，像大海里的一群群鲸鱼，在瓦蓝的深处潜泳，一层层的波浪在阳光下翻卷，哗——哗——哗，鲸鱼偶尔跃起，喷出十米高的水柱，水落下来，哗唥——哗唥——哗唥，海鸥盘旋而下，钻入水里。鲣鸟、海燕、信天翁，遮天蔽日，扎入海里。

　　现在"大海"恢复了平静，"海平面"倾斜，大氅一般披在黄山山脉。婺源的群山是黄山山脉南部最低的部分，以耸立的方式凝固了奔涌的波涛。群山奔跑，一路向南，继续向南，万马奔驰，嗒嗒的蹄声夹带着大地的震动。绵绵的雨季，千里而来的灰尘、河流在背后呼啸，嘶嘶嘶嘶，马扬起了鬃毛，马头上的铜铃叮叮当当，沿途响起。抽马扬鞭的人朗诵起西川的诗句：

……

因为我站在道路的尽头发现

你是唯一可以走近的人；

我为你的羊群祝福：把它们赶下大海

我们相识在这一带荒凉的海岸。

　　星宿时隐时现，高高的枫香树在山腰瞭望着星江。匀散的雾气在树叶、草叶上凝结，有了露水，滚圆滚圆，透亮，是黑夜不可言说的秘密。我一次一次走进婺源，在大鄣山，在秋口，在镇头，在梅林，留宿乡野，我每次都能感觉到山峦在寂寞地奔跑，在大海深处拱起浑圆绵长的脊背。山峦像海洋里巨大的鱼，光滑的肌肤，青葱色，腹腔有曲折的蜿蜒，空旷的嘴巴里可以居住一个村庄，长长的鱼鳍摆动，卷起山地雨林的季节风。它的眼睛是我们不由自主仰望的星宿。

　　高高昂起来的马头是大鄣山。从大鄣山俯瞰而下，竖起来的鬃毛是绵密的树林。婺源的树林，以香樟、苦槠、栲树、枫树、野紫荆、青冈栎、栎树、泡桐、木荷、冬青、女贞、松、山樱树、野桃树、杉树、水杉树、洋槐、柳树、柏树、白杨、栾树等乔木为主要种类，也有银杏、红豆杉、檀、红楠等珍贵种类，人工种植的树林以杉树和松树为多，也种植大片的竹林。和树林共生的则是藤萝。在涧水边，在阴湿的山崖下，有一种木质藤本的野葡萄，一丛丛地繁殖，盘满了树梢或芭茅叶。在四五月份，开米白的花，绒毛一样，细细长长，坠在一个蕊里。到了九月，浆果绯红甚至发黑，即熟透了。野葡萄圆圆的，两倍于黄豆大小，汁液酸酸甜甜，是酿酒的好材料。还有一种紫藤，搭在苦槠或栲树上，垂挂下来，在三月，开紫里透白的花，形成花瀑。无论哪一座山，在婺源，夏季前，山上都挂满了藤萝花，与树木的新叶搭配在一起，会让一个突然而至的人，怦然心动，让人误以为，又一次美好的邂逅即将降临。

当地人酿的酒多为谷酒，泡上杨梅或猕猴桃，我没见过用野葡萄酿酒或泡酒的，这是一件令人遗憾的事情。野葡萄是十分好的药材，据说对一些妇科病有非常好的疗效。当然野生猕猴桃也是弥足珍贵的，长在潮湿微酸性的山谷地里，通常和芭茅、荆条木、山楂长在一起，初夏开花，白花如梨花，黄花如黄梅花，浆果在九到十月份成熟，其形如梨，其皮褐色，有毛，霜降之后，其味甘美，含丰富的维生素。婺源多山，雨量充沛，适宜猕猴桃生长，采摘也容易，当地人喜饮猕猴桃酒也在情理之中。当然事情也会有例外。例外，就是珍贵的际遇。

二〇〇五年初冬，我去安徽，往婺源江湾走休宁山道，到了婺源县城，已是掌灯时分。同行的人提议到了休宁再吃晚饭，行至江湾往西十公里，进入坡道，道路夹在山缝里。我饿得不行了，说还是找一户人家吃饭吧。吃饭的人家在公路下的一个凹地里，门前有一条山涧，山涧被茂盛的灌木遮盖着。几棵高大的钩栲树垂下圆盘一样的华盖。山垄里只住了几户人家，泥墙瓦屋粉了白石灰，院子里种了木槿、月季。东家是一对老夫妇，老人提着瓷酒壶，给我们斟酒。酒酡红色，漾在酒杯里，给人羞赧感。老人说，这是自家酿的野生葡萄酒。我是个不喝酒的人，但还是要了一小杯，我不想辜负这美酒。我端着酒杯，眼前似乎出现了一片郁郁葱葱的山野，黄昏有浓浓的不散的白雾，阵雨从山巅扑降而下，一条山路穿过密林弯向山腰，山鹰在盘旋，麻雀在午后一阵欢叫。酒味醇和，柔绵，微酸，淡甜。屋舍对面的山上，全是老松树。我一下子震惊了。在婺源，整座山林都是老松树是极其少见的。两座山形成了深长的山垄，两边都是老松树。我吃完饭，站在院子里，浩瀚的苍穹落下银色的清辉，映在地上像厚厚的白霜。山垄里阴寒的风湍泻而来。我问东家，怎么不住到小镇里去呢，生活可以方便一些。东家说，小镇哪有山坞好呢，山坞里的星星都要圆一些。"不足为外人道也"的美好，是有发达根系的，根系被厚厚的泥土包裹着，人在一个地方生活久了，也成了那儿的一棵树。再进入山垄，公路弯弯扭扭地爬坡，到了高海拔山区，人烟寥寥，犬吠寥寥，猫头鹰呜哇呜哇惊悚地叫。

生命周期最短的生物据说是蜉蝣，出生、成长、繁殖、死亡，雌性两天，雄性五天。这个时间，不足以让一棵树的种子发芽。生命存续期最长的生物，据说是一种在积淀物中生存的微生物，叫玛士撒拉虫，迄今两亿六千万年，恐龙没灭亡之前，它就活着。动物肯定不如植物耐活，因为肉体含水量太高。我见过的寿命最长的树是德兴海口的古樟树，已有一千九百多年，栽于东汉时期，现树已空心，里面可以摆麻将桌打麻将。婺源已发现的寿命最长的树在严田，有一千六百多年，五胡十六国时期，某人栽下一棵香樟，便一直活了下来。树胸围十五米，需十五人合围，树冠幅达三亩地。人寿则辱，树老则沧桑。我至少去过七次严田，每次去，古樟就像一个饱经风霜的人，阅尽人间，默然也漠然地守望在村口。它就像一部象形的古籍。严田古樟在一座老石拱桥桥头，石拱桥是麻条石砌的，桥身缠绕着爬墙虎，桥的另一头是一畈稻田。溪流有鱼，肥者达二十余斤。树参天而长，叶繁枝茂，也有粗枝伏地而生，竟有腰粗。当地人用钢索把粗枝拉架起来，使树免于因断枝而死。

婺源的古树多不胜数。去秋口的公路边，有一个自然村，有密密麻麻的古樟树。这样的村庄太多，车子随意停靠，便能看见。我去婺源，是看小村庄，也是看树。树就是人，树的形态也是人的形态。在我看来，古树多的地方，人心不恶毒。我一直以为，婺源绚烂的季节中，初冬更胜一些。石城、长溪、延村、溪头、篁岭、鸳鸯湖、大理坑、游山村、汪口，都是人间至美的胜境。枫树、枫香树、梓树、漆树、榧树、针叶杉，完全抽干了绿汁，树叶殷红或妍黄，冬日的暖阳透射下来，光线变色，有了植物的原色。晨雾和傍晚的雾气，在山腰一带飘荡，和炊烟相融，伴以鸟鸣四起。

村舍沿河而筑，依山呈梯形而卧，石步道游园似的环绕，让人感觉如进入远古的迷宫。当地特有的晒秋，给村舍增了一份迷离。在屋顶，在瓦檐，在二楼推开的窗户外的木质阳台上，乡邻把红辣椒、苞谷、皇菊、干豆角、梅干菜、茶叶、笋干、小河鱼、黄豆、苦槠坚果、花生、香菇、木耳、大蒜、土豆片、黄南瓜片、芋头干、冬瓜片、萝卜丝、糯米、葛粉、番薯片、绿豆、黑芝麻、番薯粉，放在圆团箕或挂在竹竿上翻晒，各色的食物放在一起有了赤橙黄绿青蓝紫，有了白和黑，与白墙黑瓦、丹枫白露、雾岚炊烟，映衬在墨绿的山梁之下，成了我们未曾见过却神往的伊甸园。

树多鸟便多。大鄣山卧龙谷开发伊始，我去过一次。那时还没游客，景区还是一条大峡谷。沿着峡谷步行，鸟在树上跳来跳去。鹰在山巅久久盘旋，鸟鸣荡漾。只可惜，那时我对鸟近似于无知。据说，每年都有来自世界各地的鸟类学家在婺源观鸟，有时长达几个月。据悉，鸟类学家曾在婺源的太白镇、秋口镇，发现了极其珍贵的画眉科鸟——黄喉噪鹛。网上查阅资料得知，黄喉噪鹛顶冠蓝灰色，上体褐色，尾端黑色而具白色边缘，腹部及尾下覆羽皮黄色而渐变成白色，常隐匿于亚热带常绿林和浓密灌丛，于地面杂物中取食，喜食昆虫，也吃些蚯蚓、野生草莓、野杉树树籽等，特征为具黑色的眼罩和鲜黄色的喉。我对自己最大的不满是自己对动植物的认识、认知太浅薄。给我们恩赐的上帝，我们常常熟视无睹。这两年，我读约翰·巴勒斯的作品，越发感到自己无知。对自然的认知浅薄，其实是非常可耻的，作为弥补，我只有更好地热爱自然，栽树栽树再栽树，尽可能不吃肉类。

二〇一五年去婺源，听金宇迅和客人聊天。金说，婺源有熊有豺有豹。我不同意这个说法。赣东北在二十年内，无人看见过云豹；在二十年前，豺狼已灭绝；一九九八年在大茅山曾发现黑熊，被一个猎人用铁套子打伤了前肢。铜钹山、灵山、大茅山有猕猴，婺源也应该有猕猴。穿山甲近乎灭绝。二十年前，穿山甲常常出没于我家菜地，野生娃娃鱼在上饶市多个山区有发现。二〇〇六年，我去万年县，途经盘岭，看见一条纯白毛的狐狸，与我对视了至少五分钟。麝，又名香獐子，近乎灭绝。多麂，多野猪，多兔子，多野鸡，多黄鼬，多獾，鲜有野山羊，鲜有野生甲鱼，鲜有乌鸦、喜鹊。

有些动物，已一去不复返，哪怕树林再茂密，森林覆盖率再高。虎豹豺狼，我们世世代代诅咒的动物，已彻底离开了我们。没有它们，我们的森林是多么空荡荡，是多么寂寞。每次离开婺源，我回望板结的大海一样的山峦，心中的失望远远多于流连，涌起莫名的哀伤。

我们一无所有。

我们两手空空。

四　季

　　初春的婺源多雨。雨不是滂沱而来，而是像棉丝，一片一片织下来。雨浮在淡白的雾气里，泡桐花也开在雾气里。一层层的野花，追逐着河滩、田埂、山边。这里是亚热带季风性湿润气候，初春桃花凋谢，日日有雨。山间沟壑，田头、村尾的水沟，浩浩汤汤，水终日不歇，汇到了山塘水库，门口小溪。

　　有村舍必有溪流，有重峦叠嶂必有山塘。鱼潜伏在水草下，孵卵，要不了一个月，水里就游浮着绣花针大小的小鱼儿，成百上千，看起来和糠虾差不多。水洼里，有黑黑的一团团的黏液，晒几天太阳，黏液散了，蝌蚪出来了，滚圆着肚子，好奇地摆着鱼鳍一样的尾巴。青绿色地衣植物长满了空地、水沟边、矮墙，也长在废弃屋舍的屋顶和泥墙上，尚未垦荒的田里有了蓼、野菊、紫地丁、蒲公英、紫云英、苍耳、绒毛草、马兰头、野荠菜。山里的野地里，野草比人还高，芭茅、蒿草、野荞麦，长得不留缝隙，几株矮冬青上，有几个鸟巢。在山边，葛藤、灯芯草覆盖了人迹罕至的山道，草径再也找不到了。绿绿的，青青的，有的开着花，有的在谢花，有的已经结出青果果。山塘水库里，芦苇发了尖白的芽苗，棕树也发了斑黄斑白的叶芽，水边的水浮莲下，鲫鱼在梦游，青蛙坐在莲叶上，气囊鼓起来又瘪下去，实在憋不住了，叫几声，哇……哇……哇。菜地边，墙根儿下，田垄里，牛舌草的花把暖暖的春天托出地面十五厘米。莲藕适时地张开了托盘一样的圆叶，草鱼肥了，黄麻鸭刚刚孵出的小野鸭在水里游，三两只，毛色还是灰黑的。

婺源春短，秋也短，霜季只有一个半月。农历十一月初，霜来了。夜里的雾凝结，早上便看到白白的一片。自然界中最美妙的东西，我以为便是霜了。它和露水一样，说消失就消失了，短暂，像我们的一生。瓦楞上，草叶上，收割后的稻草上，刚刚绽开叶子的白菜上，霜均匀地撮在上面。梓树、香榧、枫树，再也不合成叶绿素，树叶变黄，变红，变紫。草枯萎，藤蔓也落叶，呈现一派杂色的荒芜。

婺源多芦苇，沿着星江、乐安河，两岸全是芦苇。婺源多山，溪流山涧，纵横交叉，山塘水库也呈网状密布。在去汪口的路上，人烟稀少，公路沿河绕行，两边都是密密麻麻的芦苇。池塘边或水沟边的芦苇，抽出一支支的穗，绒毛一样的花随风飘荡。芦苇和白露，都是悲秋之物，也是人的中年之物，亦是背井者的怀乡之物。露之为物，瞬息消亡；芦苇飘摇，零落于野。

《蒹葭》是《诗经》中我最喜爱的一首。人生最美好最艰涩的境界，无非如《蒹葭》中这般回环往复，给人无限迷茫，令人嘘唏不已。蒹葭，就是芦苇，是一种多年生或一年生的禾本植物，剥开芦苇秆，内有薄薄透明的膜，可制笛膜。在深秋的黄昏，临江吹笛，恰好笛声和江水一起鸣咽，我想，人是很难经受住如此情景下的内心颠荡的。唐朝诗人颜粲写《白露为霜》：

悲秋将岁晚，繁露已成霜。

遍渚芦先白，沾篱菊自黄。

应钟鸣远寺，拥雁度三湘。

气逼襦衣薄，寒侵宵梦长。

满庭添月色，拂水敛荷香。

　　独念蓬门下，穷年在一方。

　　只有人未老头先白的人，才会写出这样的诗吧？

　　十二月初，霜冻来了。黏湿的水田里，屋檐下的烂泥里，尚未晒干的泥浆里，长出白白尖尖的芽霄（赣东北方言，意为牙尖状的冰霄），像倒立的冰凌，水分被抽了出来。芽霄里，有昆虫，有蚯蚓，有草籽，混合着泥浆的颜色。霄尖是白白的，太阳出来了，芽霄从上至下，慢慢融化，轻轻一碰，吧嚓吧嚓地断。融化完了，水里浮出泥，一层水一层泥。

　　最长的是夏天，有四个半月。但婺源的夏天并不十分炎热。早晨或傍晚，出野里、河边、村舍前的木桥上，坐了很多年轻人。他们是来写生的，背着画夹和颜料包、色板、画笔匣，穿白汗衫或短裙，戴太阳帽。一九九七年，我去延村和汪口，第一次看见成群写生的人，问了，才得知是来自辽宁、吉林、山东等地大学的美术生，来野外实地写生，租住在村里。据说，现在每年来婺源写生的美术生，过千人。在对婺源美的发现和传播上，他们的作用是无可取代的。午后，黄昏来临之前，多阵雨。雨从山梁跑下来，白亮亮，闪着光。树叶哗啦哗啦地响，一颗大大的雨滴落在地面上，裂开，珠粒四散，地上的灰尘噗地瞬间爆开。干活的人赶着回家，收拾晾晒的衣服、稻谷和干货。云在翻滚，雷声隆隆，由远及近。等物什收好了，雨也停了。这是过山雨。但水沟满了，黄黄的泥浆夹带着山间的腐积物，泥鳅和小鱼逐浪斗水，吧嘚吧嘚地拍打着小尾巴。阵雨来得没任何征兆，像一个突然而至的客人。大阵雨也是如此。一块厚厚的乌云盖过来，狂风啪啪啪吹打树枝，掀翻瓦片，晒在墙上的箁笤被吹飞起来，颗粒一般的雨滴稀稀拉拉地扑降下来。树叶、草叶在抖动，不一会儿，雨滴密密麻麻，像急骤的擂鼓声，把小睡的人吵醒。

很是遗憾，去了几十次婺源，没见过婺源下雪，无论是冬雪还是春雪。婺源最冷的时节有两个半月，加个后缀春寒，寒冷的季节差不多有四个月。多河多雾多森林的地方，也多阴湿。婺源的寒冷是湿冷，棉裤也抵挡不住针扎般的冷——冷像潮水，慢慢漫上来，从脚板到脚踝，再自膝盖慢慢上涌，直至淹没全身。近二十年，南方都少雪。在我八岁那年，我见过我迄今为止见过的最大的雪。雪一直下到高过了门槛，大人穿高筒靴走路，小孩窝在家里，屋檐挂着长长的冰凌。我用竹篙把冰凌敲下来，当冰棍儿吃。门口的田畴，白皑皑一片。鸟饿了三天，顶不住了，钻到厨房、厅堂里觅食。我大哥在晒场摊了一张竹席，撒了几把谷粒，谷粒上支起筛子，用一根麻线拽着，鸟进去吃了，把麻线一拉，罩住了鸟。鸟一般是野鸽子和布谷鸟。小学时读鲁迅的《从百草园到三味书屋》，我读到了相同的捕鸟记忆。大雪封山，豺会在中午时，从门前的山梁突奔而来，以迅雷不及掩耳之势，直扑鸡笼，把鸡叼走。大人端着扁担追，追出几十米，便放弃了，口里恶狠狠地说："不要让我第二次看见了，看见一定打裂你脑壳。"

冬天，我去过婺源，也在乡间吃过饭，在路边的小酒馆里。遗憾的是，没在农家吃——深冬腊月，婺源人家吃的，会和其他季节不一样。不一样的东西，在哪儿呢？

事实上，是雪，给人带来生活（包括习俗）方式的某些改变的。雪中捕鸟是一种境界，雪中捕鱼也是一种境界，雪中围炉温酒也是境界。这些都是我曾有过的经历，可在婺源无从见识。算是一种遗憾吧。

　　在农耕时代，腊月和元宵节前，各村舍族人会请来婺剧团，在村子里的戏台上演戏。二〇〇八年，我和黑陶去镇头镇游山村看古戏台。古戏台经年失修，难免破败，但还能看出当年村里的热闹和戏台的宏伟壮观。戏台前有一个可容纳五六百人的空场院，戏台面积足有一百多平方米，柱子是圆柱，需一人环抱，横梁则更粗一些，戏台板是木板，人走上去会发出嘣嘣嘣的响声。站在戏台上，仿佛面前的场院里，坐满了看戏的人，台上两边则坐着演奏的乐师，拉二胡的拉二胡，敲钹的敲钹，击鼓的击鼓。如今，戏台上则堆满了杂物，如木柴、稻草、打谷机等。

　　热闹的不只有村里的婺剧，还有抬阁。抬阁又称"抬角"，共分上、中、下三层，将俊俏儿童扮成一个个故事中的人物造型，安置在三层阁上，底盘由四名大汉抬着，大汉头扎白羊肚头巾，身穿白布内褂，外罩黄色背心。前有锣鼓，后有锣钹。抬阁的四周用纸扎成带有龙、凤、鹤、祥云、水花等图案的彩灯。彩灯内点燃蜡烛，映照夜晚的天色。阁是工匠制造的木质框架，彩饰成亭台楼阁、石桥彩虹、山川、渔船或花卉的样式。三层阁浑然一体，阁体上有柔性支柱，装扮成各种戏剧人物的孩童，或站或坐或悬空于这些支柱上，彩服则巧妙地将支柱遮掩起来。人物造型取自《水漫金山寺》《孙悟空三打白骨精》《桃园三结义》《打渔杀家》等剧目。

抬阁是一种融绘画、戏曲、彩扎、纸塑、杂技等艺术形式为一体的传统民俗舞蹈，也称抬戏，是一种非常古老的艺术形式。乙未羊年，在赋春镇的乡村文化旅游周开幕式上，我得以见到抬阁。在镇小广场，里三层外三层围着人，冲天礼炮轰轰轰，抬阁出现在舞台上时，我们都十分惊奇。据当地人说，现在会抬阁的人已经很少了，当地政府也在努力恢复这个艺术样式。

当下，许多农耕时代的艺术样式和手工艺都面临着消亡。当我们在电视机、电脑前坐得太久，突然回到远古去探寻它们时，一切都显得那样弥足珍贵。

湿润、温婉的婺源，事实上，从来都不是娇艳、华美的，即使在春天有些粉滑，甚至过于油绿，但还是素面朝天。而我喜爱它的秋天更甚一些。在秋天，芦苇开始衰黄，川峦萧瑟，层林尽染，星江日渐枯瘦，一切都意味尤深。

河　流

　　这是告别的地方，也是出发的地方，是没有终点的旅程。沿着崇山峻岭，星江蜿蜒，扁舟远去，帆影转眼融入雾蒙蒙的水廓。在星江，每一个村舍都有一个码头。码头有一块阔大的青石板或麻石板，有苍老遒劲的古樟树。到了码头，可拾级而上，转一个弯口，有通往村里的巷道。小道两旁是檐滴水毗邻檐滴水的居舍。雨季，<u>丝丝缕缕的雨</u>有绿绿的亮亮的晶体光泽，它们从巷道上空缓缓而降。站在巷道上前前后后回望，一个村庄就有了远古岁月的纵深感。脚下河石铺就的石板路上，有跫音在回荡，深深地、凝重地，悠扬而去，又慢慢地传回来轻轻的回声。

　　码头，是远去的乡人回来时能看到的门牌，是他们的双手迎接的故土的第一缕影子。在婺源，汪口是我去过的所有村舍中，我最钟爱的一个。每次去婺源，只要有时间，我都会去，哪怕只是站在村子边上，静静地看上一眼。永川河呈残月形包裹着汪口，像母亲柔软的臂膀抱着自己的孩子，将身上热热的、浓浓的气息传递到孩子的心跳里。看一眼汪口，我的血液里就会有一条河流舒展开来，这与树枝在雨水中舒展开来是相似的。汪口的码头，老旧而拙朴。它的身边有一座小桥通往对岸，对岸有一片苍郁的树林，小路穿过树林，到了另一个村舍，掩映在虚无之中。

　　一九九五年夏天，我第一次去汪口，那时它还是一个非常原始、古朴的村落，我和几个客人绕着老街走了一圈，和看其他村落没差别，看老房子，看俞氏宗祠，看百年桂花。而当我在村前的河滩逗留片刻后，我再也不想迈开我的脚步。河床上全是鹅卵石，麻褐色，像一群群赤麻鸭潜在水里觅食。河水冲过河石，卷起水花，水花追逐水花，形成白白的一层泡沫似的水浪，哗哗哗响着。星江在上游的弯口，转了身，从山坳的水坝处直泻而下，几只水牛偃卧在堤坝下，伴随着粗重的呼吸，从鼻子里喷出了细细的水花。一桥横跨两岸，使山峦略显巍峨，对岸山腰上的人家收拾起在河中浆洗了的衣物，妇人挎起竹篮，门前的矮墙上晾晒着红辣椒，场院翻晒着刚刚收割了的稻谷，我仿佛瞬间进入了悠然而见的南山。事实上，对于我们这样的外乡人来说，婺源的很多村舍，很容易把我们带进恍惚的远古记忆——不是真实的，但真切，带给我们水流漫过心扉的感动。

陆陆续续去了很多次汪口，外地人的身份置换为游客的身份，汪口因此有了导游、外地游客、大巴车、收费窗口、餐馆，汪口老街也因此有了临时照相馆、小旅社、旅游商店。一个人，安静地在码头坐一会儿，我似乎能听到夜语般的摇橹声，恰是柳宗元所描绘的"烟销日出不见人，欸乃一声山水绿"。永川河在汪口，河面并不宽广，水流平缓，岸边的河堤上，是绿油油的芦苇、灌木丛和古树群。水中多鱼，也多虾。虾是白虾和黑虾，豌豆荚一般大。白虾浑身透明，须如麦芒，肉质如玉。鱼多鲤鱼、青鱼、草鱼、鲇鱼、鲫鱼。多年前，还可见渔翁坐于竹筏上，戴着斗笠，放网收网，也有鸬鹚站在竹筏前头，抖落一身的水，又钻入水中，把肥肥的鱼叼上来。坐在码头上，水面一股凉爽之气漫溢上来，扑打脸颊。婺源多山道，外出的人多走水路。参加乡试、殿试的人从这里走了；

卖茶叶的人，做官的人也从这里走了。故乡成了异乡，异乡成了故乡，在月圆之夜，也分不清哪儿是故乡，哪儿是异乡，欸乃之声却常常在梦回之夜，随雨声风声，无声无息潜入内心。随之一起潜入的，还有母亲的细语和婴孩的啼哭。

永川河在星江上游。川峦河流都是永恒的。星江是婺源唯一的江，婺源境内的众多溪流都汇入了星江。村舍依山临江，村岸与村岸之间，有渡口相衔接。渡口一般在开阔地，有树系扁舟绳缆，有埠头供停靠。随着居住人口增多，人员往来频繁，渡口渐渐消失，代之以木桥或廊桥、石拱桥、吊桥、浮桥。河流的胸怀是哺育大地，它最后的归宿是消失，消失在大海，把依恋它的人尽可能地带往远方，带到脚步所不能到的远方。星江万里奔腾，自古不息，把一代又一代的人，送往天涯海角，把大鄣山的精魄送往天南地北。有了人，就有了村舍，有了渡口，有了桥，桥、树木、果园、茶叶地、交叉的田埂、时隐时现的瓦檐、晨曦中的路人，构成了婺源古老的歌谣。桥是路与路相接的部分，是手与手伸出来相握的部分，是河水流动减速的部分，是炊烟弯曲下去的部分，是村舍的见证者，是异乡人回忆录的开篇，是霜迹不易融化之夜中的夜归者的背影，是日月更替的启示录。桥身上的苔藓、青藤、爬墙虎、地衣植物，都是时光的锈迹。

渡口成了野渡，被荒草掩埋，过去的岁月也将荒芜，无从追忆。偶有渡口，只有扁舟或竹筏系于岸石或树身，正如韦应物《滁州西涧》中所写："独怜幽草涧边生，上有黄鹂深树鸣。春潮带雨晚来急，野渡无人舟自横。"假如在四月，暮春的山野正好有钟声飘然而至，如此山花寂寞之境，不由得让人想起白居易的《大林寺桃花》："人间四月芳菲尽，山寺桃花始盛开。长恨春归无觅处，不知转入此中来。"这些意境，是会让人长夜难眠的。扁舟还在，人去了哪儿呢？扁舟慢慢腐烂，绳缆断于时间的割刀，荒草一年又一年地枯荣，青山还是那座青山，河里的水却已不是原来的水，只有水中倒影依旧。

在中国，我所看见过的河流中，星江和秋浦河在我心里是最美的。它们还难得地保留着河流初始的面貌，河沙还没被挖沙机掏空了心肺，河湾有河水的弧线，岸边的樟树、柳树、洋槐、白杨、梓树、枫香、冬青、厚朴、合欢、银杏、石栎、锥栗等，四季变换着色彩。岸边开满了各季的野花，杜鹃、望春、木兰、天女、山茶、春兰、蕙兰、百合、山樱、梅。星江和秋浦河都有着南方河流的俊秀、澄明，千回百转，但不柔肠百结，且张弛有度，开阔时一泻千里，幽合时偃卧无声，河流光滑的鳞片在树丛里发亮。我走过无数次星江，从婺源县城至汪口——巨大的落日，缓缓流动的平流雾，秋日纷飞的落叶，人迹罕至的木板桥，山边的茶园，出没于烟雨的竹筏——让我不免有客死徽州的感怀。二〇〇一年冬季，我从婺源走黄山，或许是夜深了，县城至汪口，汪口至黄山，我一路上都没看到车子。月光如海，布满霜迹。整个大地在酣然沉睡，远山如墨，村舍灯光如萤火般星星点点。我怔怔地看着车窗外——黑夜之中，每一个人都是那么孤独，每一个村舍都是那么游离于尘世。唯有黑夜，群山傲岸，星江俊朗，长生不灭。

河水是河流的灰烬。

河水是河流的火焰。

星江的火焰，是三月的油菜花，是腊月的黄梅花。

走在星江边的人是头戴麦秸帽的人，是草帽上生出绿火焰的人。

我走过星江，我爱的人走过星江，我生命中的陌生人走过星江。现在我们回到了岸上，回到了山边一垄垄的茶园，回到了天井中的青石水缸里。我们是一条河的客人，我们是寄居在河里的儿女，像菜虫在菜叶里结茧化蛹，像蜘蛛在蛛网里孵卵生育。我们回到了一百公里以外，一千公里以外，我们回到车流奔袭的大街，我们回到一盏灯下，我们回到僵硬的肉身里。事实上，我们不需要码头——汽车站、火车站、机场，是我们更大的码头；我们站在街口握手的地方，拥抱的地方，嘘寒问暖的地方，是我们无处不在的码头；我们的床，我们的办公桌，我们翻看的书，我们吃饭的碗，是我们触手可及的码头——我们活着，以告别的方式存续。所以，我们的泪水是多余的，我们挥别的手是多余的，我们的吻别是多余的，我们的怀念是多余的。我们是多余的——当我们无处可告别时。人世，是滔滔的星江，川流不息。当我一次次来到星江边，除了看一眼江流，喝一口江水，我又能做些什么呢？古老的渡口，古老的木桥……当我们轻轻唱起。

第二辑：灯火可亲

葛溪，葛溪

深冬·晚雾垂降，灰白的雨星一层层蒙涅，山冈宛如一艘艘乌篷船，浮出阔叶林的斜影。青黛色的，南方延绵的山峦，被一条缓缓流淌的河流收紧。清疏的田畴里有嫩黄的草芽冒出。我站在青板乡徐村周家桥上，溪流哗哗，从上游的河湾，如一群奔牛，突然回头，返身向西。樟树林在岸边空阔地，远远看去，像一道墨绿的幕帘。在古老的记忆中，这道幕帘，是南方河流精美的发饰。河湾是个半弧形，在灌木遮掩的黄昏，葛溪有几许冷涩和萧瑟，让我觉得倒映在溪中的天空是充盈在毛玻璃器皿中的液体。雨和晚雾积在一起，湿漉漉的，树叶有水滴慢慢滑落。这是时间的沉默表达。低矮的，游弋的，渐黑的黄昏里，假如这时岸边有一盏灯亮起，烛火摇曳，那么点亮这盏灯的人，一定是我亲爱的人。

在葛溪边，我走了几天，每天都遇见送葬的队伍。他们戴着白帽和长头巾，低着头，拉着黄黄的稻草绳，沿着葛溪，在田埂路上沉默地走（或许，有人在暗暗抽泣，但我并没听到——抽泣声被细碎的冬雨扯散，细碎地撒入了封冻的泥层），走得比河水还慢吞吞。白汤汤的河水，只是千万年始终哗哗地流。前日，读到我喜欢的诗人颜梅玖的诗歌《与死者密谈》："……你沉默着，带着动物性的忧郁和冷漠：'波浪起伏不意味着永生／波浪平息不意味着永死／岁月空虚。我扮演了我自己的替身／我太入戏。以至于替身消失时／我不得不追随他而去'"，读来甚是哀伤。我边读边想起了葛溪边送葬的队伍。——人可以面对任何事物，但只有在面对一条河流时，会感到人绝对的渺小，人子如沙砾，被茫茫溪流淘洗，这样的渺小是因为河流的绝对强大。河流就是亘古的时间。同样，临河观水，人亦是绝对的孤立无援，生命繁衍不息，我们作为其中一环，也只是河水的一个横切面。北宋诗人、政治家王安石，于皇佑二年（1050），从临川去钱塘，途经葛溪，宿驿站中，秋声扰攘，悲从中来，作了《葛溪驿》："缺月昏昏漏未央，一灯明灭照秋床。病身最觉风露早，归梦不知山水长。坐感岁时歌慷慨，起看天地色凄凉。鸣蝉更乱行人耳，正抱疏桐叶半黄。"残月秋夜，漏寒露早，梧桐萧萧，山冷水长，葛溪渺渺，让人不免忧郁、悲凉。

葛溪是横峰境内主要水系之一。我多次问乡人，青板乡因何得名呢？有人说是因为葛溪上有青石板桥，有人说是得名于青山多板栗树。在徐村，邻上德公路，几年前，仍有古码头旧址，村里的乡邻还在古码头的石埠上洗衣洗菜，下河摸鱼网虾。现在青石板桥已不存在了，住老一辈人的记忆中，它却一直横跨在河湾上，在樟树、洋槐的掩映下，驮着南来北往的乡客。

或许在更为久远的农耕时代，葛溪是一条更为宽阔的河流，河水滔滔，两岸青山的倒影在漂移。对于灵山西北部山脚下的世耕人来说，葛溪是唯一通往外面世界的水路，把茶油、茶叶、蘑菇、笋干、薯粉、葛粉、药材、毛皮等山货，装上木筏，沿河而下，进入信江，送往江南名镇河口，再分散到世界各地，也把食盐、布匹、纸墨、瓷器等带回山里。和岑港河一样，葛溪也是横峰的水上"丝绸之路"。在春夏雨季，山中的木材、毛竹被扎成筏，顺水而下，到信江边的码头上交换日常生活用品。葛溪的码头便多了去往异乡的人——茶客、进京赶考的人、流徙的异乡人、闯荡世界的人，上了青石板桥，望望青山如黛，山峦如眉，天空瓦蓝，浪荡的人有了乡愁。我在葛溪边纵目远眺的时候，想起了沈从文的边城世界——沱江。沱江两岸挂满了灯笼，月碎江水，翠翠在唱着山歌。葛溪沿着山谷两边的狭长地带，静静地蜿蜒，葱绿的阔叶林时而稠密，时而稀疏，浓淡的江南写意有了雅致的境界。峰峦竞秀，溪水如洗。

　　好友黑陶写《塘溪》："夏夜多美。飞动的萤火，流泻的星，世界充满了清凉、纯蓝、裂冰似的移动碎光。"我没有见识过葛溪的夏夜，想必也是溪水滑动，萤火如织。我多次途经或溯游葛溪，脱口而出的是《诗经·蒹葭》：

蒹葭苍苍，白露为霜。所谓伊人，在水一方。
溯洄从之，道阻且长。溯游从之，宛在水中央。
蒹葭萋萋，白露未晞。所谓伊人，在水之湄。
溯洄从之，道阻且跻。溯游从之，宛在水中坻。
蒹葭采采，白露未已。所谓伊人，在水之涘。

溯洄从之，道阻且右。溯游从之，宛在水中沚。

诗中是人生美好而艰难的境界，是我们存活在这个世界的一个梦境，甚至是生命的全部奥妙。孔子以河流喻时间：逝者如斯夫。这是哲学。河流是繁衍，是生物学；河流是繁杂的街市，是社会学。素练般的葛溪，沿溪流而下，在每一个开阔地，散落鎏光的村舍。葛溪，使我们的生命得以发育。

记得多年前，有一次从青板乡沿山道去葛源，下了山，见一片乔木林郁郁苍苍，葛溪从一个小村子隐约而来，夕阳斜照，斑驳的光线泻于林间，我下了车，沿河慢走。暖阳洒在肩上，村子里的屋舍没入阔叶林里，院子的墙垣开满了蔷薇花。我始终没有忘记这个情境。乙未年冬，肖建林陪我溯游葛溪，时值清冷冬雨之后的下午，葛溪有些苍寒，落叶的乔木生出几分肃穆和苍劲。岁深水寒。作为一条生生不息的河流，葛溪始终不曾改变的是那种葱郁中透出沧桑的雅姿，这是一种格调。

忘川之河，格调之河。葛溪，我们的蓝印花布。

以山为舟

　　舟山，是海洋世界一个辽阔的比喻：以舟为山，或以山为舟。海平面露出微煦，墨汁般的黑夜完全退去，岛屿是一叶叶停泊在东海上的渔舟，山峰是悬挂起来的帆。

　　己亥年四月，我第二次踏上了舟山。当 EU6674 航班海鸥一样飞临舟山群岛时，我透过舷窗，看见了黄浊的海洋无边无际，白云在阳光的照射下，如海水泛上来的泡沫。岛屿像一只只浮出海面的巨型海龟：青黝色的背脊，微微隆起，刚毅的身体任凭海浪冲刷。飞掠而过的薄云之下，岛屿更像休憩中的渔船，在等待齐头进发，再一次搏击海浪。岛屿在俯瞰中，显得更为生动，有静态物的缄默和凝重，有动态物的磅礴和骚动。舟山群岛在四月雨后的晴空之下，犹如一张版画：黄色颜料在画面上汹涌，形成皱褶的纹路，青釉在菠萝状的陆地上板结，呼啦啦的云彩是汽笛冒出来的白气，码头上的渔船是一群栖落的海鸟……

第一次来舟山，是戊戌年八月下旬。我从上饶坐高铁到杭州东站，再坐长途汽车，前往舟山，达到朱家尖镇，已是傍晚。第一天踏上群岛，给我印象最深的，不是海岛上的自然风光，而是桥梁。我对岛屿、地名一无所知，只知道岛与岛之间，都架起了高架桥。桥像一道道彩虹，飞渡天堑般的海岬。桥是人世间最动人的风景。桥不仅仅是通达，还是敞开、连接，是我们伸出去的双手，是我们大地般广阔的怀抱，是我世界对他世界的接纳。桥，是仪式中谦卑的欢迎词，是大合唱中的序曲部分。

朋友李从定海车站接我去朱家尖镇，出了城，朱家尖大桥卧月一样展翅在眼前。白色的栏杆如一道道精致的篱笆，桥门高悬，金色的阳光洒在桥上，和海岬上黛青色的山峦相映。我对朋友李说：我从没见过这么多桥，也没见过这么宏伟的桥。朋友李是一年前来的舟山，和我一样，在内陆生活有四十余年。李说：舟山跨海大桥才让人震撼呢，可以称得上人类的奇迹，有机会，你可以去走走。

在舟山，有很多著名的景区，如普陀山，如晓峰岭海战古炮台遗址，如定海小沙三毛祖居，如岱山东沙古镇。但我都没有去。第二天，我去了古老的码头——渔人洲码头。朋友李问我：你怎么想到去看老码头呢？我说：老码头有古朴的岛屿生活景象。

车在山岙和滩涂地之间转来转去，过村庄，便到了渔人洲码头。码头并不大，沿海岸约五百米的道路边，有百余栋矮小的灰白墙的民房。民房上盖着红色或黑色的琉璃瓦。街道宽阔，但空气中有浓浓的鱼腥味。我喜欢这种味道，有浓烈的海风气息，有水中盐分沉淀下来的腥咸之气。一艘大型的渔船被一根粗大的铁索链锁在水泥墩上，占据了三分之一码头。另一艘大渔船可能是报废了，停泊在民房侧边水域，经过改装，成了餐馆。小渔船一艘紧挨一艘，锁在岸边。海水漾起来，小渔船左摇右晃，发出嗓啷嗓啷的水声。街边民房门口，都有一个木板搁起来的小摊，鱼虾等各类干制品堆在竹匾上。老人或妇人守在摊边，喝着茶，或者打瞌睡。他们也不叫卖，偶尔看着陌生的客人微笑。剖了内脏的鱼，一条分两边，被一根麻绳穿着，挂在岸边的竹竿上。鱼被晒出了黄褐色，鱼骨白白的，脂肪油亮。一竿竿的晒鱼，让我确认：万物皆为人所有，也皆为人所用，哪怕深海之鱼，也不可免除。

码头幽静，只有海风轻轻呼叫。渔人从这里出发，又从这里上岸。码头吞吐着船只、波浪，也吞吐着离别和相逢——码头是人世最沧桑的生命场。在码头上，我见过最多的几样东西有：镣铐一样的铁链，粗粗的麻绳，又粗又矮的水泥桩，各种样式的渔网，涂着或绿或红油漆的铁管，宽大厚实的鱼筐。不多的游客站在游船停泊的木板栈道上，等待游船出发，去游海。船票六十元一张。游客大多是年轻人，以恋人居多，彼此搂着，亲昵相依。

下午，我又去了乌石塘边的樟州湾。路途比我想象中的更远。沥青公路在山道上溜来溜去，溜得我有些迷糊。山上没有乔木，多矮灌木和茅草。在一个深坳，朋友停下车，说：樟州湾到了。我站在一块木牌下，往坳里望，除了几块房屋顶，什么也没看到。我对朋友说：这里是老渔村吗？才几栋房子，不像个村子。朋友斜睨我一眼，说：心这么急，下去看了，你就知道了。我又张望，可除了一条水泥路，我没看到进村的路。朋友见我傻傻的样子，说：你脚下就是路。我有些恍然。原来木牌下被篱笆围起来的菜园，中间有一个缺口，缺口就是路口。路是沿阶而下的石头路，被青草掩埋了。

踏上石阶的瞬间，我有了悲伤感：一个入村的路口，被青草掩埋了，会是一个怎样的村子呢？下了石阶二十余米，一个完整的村子出现在眼前。两山之间的坳谷，实际上是一条狭长的峡谷，峡谷较深，把村子藏了起来。一条溪涧羸弱地低流着，水声轻缓。溪涧把村子分成了两边，房子依山而建，大多是石头房。石头是青黑色的石灰石，用灰浆砌起来。屋舍简朴，但都有院子或菜园。路边的墙上，屋前的院子里，溪涧边的空地上，种了很多花，以凤仙、蔷薇、木槿居多。八月，正是花盛季节，满墙的凤仙花很是招眼。在一栋空落落的两层楼房前，我看到了"浙江省作家协会创作基地"的门匾，停了下来。门紧锁着，我摸了摸黑黑的铁锁。院子里有一棵高大的树举冠而起。我记不清那棵树是玉兰树，还是柚子树了。记不清又有什么关系呢？它们都是开花的树，都是阔叶乔木。它们的花都是白色的，幽香也一样迷人。溪涧边的榕树弯垂而长，圆圆的伞状的树冠，盖住了半个菜园。一堵将倾的围墙，窝了一蓬墨青的薜荔。薜荔爬满了十余米长的围墙，挂着桃子状青果。

在村里转了一个多小时，我看到了四个陌生人——两男一女的游客，和一个穿绿裙子的姑娘。姑娘说话声很大，笑声爽朗，把游客带到半山民宿。

这是一个鲜有人居住的村子，也鲜有外人来。在一栋多年无人居住的房子前，我看着木质变黑的大门，怔怔发呆。它是一面时间的铜镜，我喜欢在时间的铜镜前发呆。这时，我听到了咚咚咚的敲击声，我快步循声而去。

三个六十多岁的男人，在造铁皮船。一个是木匠，正拉开架势锯木板；一个是铁匠，打个赤膊，穿肥裆短裤，嘴角衔一支烟，用铁锤敲击铁皮，咚咚咚；一个是穿旧汗衫的货夫，手臂粗壮结实如木棍，从三轮车上卸下铁皮和铁管。敲击声在峡谷里显得张扬。我和朋友站在侧边，看他们干活。十米之外，是一片乌黑的滩涂，再远一些，便是逐渐敞开并宽阔无边的大海。三个老男人在此造船，让我惊奇。有关远方，我在他们的血脉中找到了源头，且这血脉一直在流淌，生生不息。

终于看到屋子里有人——一对中年夫妻，在厅堂里扇扇子、喝茶、吃南瓜子。我进去讨水喝，那对夫妻很是热情，把桌子搬到院子里，泡大碗茶，南瓜子把盘子堆得满满的。妇人用夹杂着土音的普通话说："听你口音，不是浙江人。"我说，是江西上饶人。妇人看看我朋友，又说："江西是个好地方，我还没去过呢。"她把瓜子盘往我面前推，说："杭州、宁波我也没去过呢，我没离开过岛，没离开过海。"她的爱人看着她微笑，说："两个孩子在城里买了房，也难得回家，我们也难得去城里，还是樟州湾好，你看看，流下来的山泉水白净净，我怎么舍得不喝呢。"我看看朋友李，说："在这里住上半年就好了，新鲜的海鲜餐餐吃，海风吹起来，真是舒服。"朋友李说："海风咆哮起来很可怕，可不像现在这样温柔，不过在这里住上半年，也是天上人间了。"

这次来舟山，是表弟振刚接我。表弟大学毕业便来到了舟山群岛，在此扎根二十年。四月，已是初夏，但舟山此时的气候还是有点仲春气息。晚樱正开着娇美的花，沉甸甸地压在枝头。如我所愿，在古炮台遗址凭吊了卫国战死的烈士，去了小沙参观三毛祖居。青年时代，我熟读三毛作品，知她一生短暂，浪漫自由。她是大海的女儿，而大海是浪漫自由的象征。

在舟山盘桓了五天，我返回，坐相同的航班——EU6674。飞机在舟山群岛上空盘旋，我靠着舷窗，眼睛不离岛屿和海洋。在陆路交通不发达的年代，舟山人以舟为山，在船上生活，出海，与海浪搏杀，抗击飓风，不言生死。舟就是他们的生路，就是他们的肉身，舟如山一般厚重，藏着一家人的物产和年收。时代在变迁，如今舟山人以山为舟，每一座岛屿，就是一艘巨船，载着他们向海洋文明进发。

以山为舟，一个多么有气势的地方，可谓气吞万里。

细雨春燕飞

　　"爸爸，这是什么鸟呀？"在去池塘的路上，女儿问我。我说是燕子呀。"去岁辞巢别近邻，今来空讶草堂新。花开对语应相问，不是村中旧主人。"我随口吟咏唐代韦庄的《燕来》。"哦，这是燕子，我才第一次见呢。"女儿似喃喃自语。她读小学四年级了，很少回她祖母家，自是难以见识燕子的。近日趁着假期，我们一家人去郑坊老家，看看春色。

　　燕子在水沟边的荒地嬉戏，一共有四只。女儿撑一把绿伞，细雨蒙在伞布上，耸起毛茸茸的雨珠。我说："爸爸小的时候，燕子很多，谷雨时节，稻田已插上了油油的秧苗，燕子在我们老屋的房梁上筑巢，孵化小燕子。"

　　那时，枫林村还没有小洋房，都是老旧的泥屋，哪家的房梁上没有燕巢呢。清明前后，饶北河两岸的洋槐已然一片盎然，新绿的枝叶把整个河滩都遮蔽得满眼青翠。稻田翻耕过后，水泱泱一片。桑树下的矮墙上，蔷薇翻过垣头，冒出淡黄淡红的花骨朵儿。燕子来了，四只六只，在某一个微雨清凉的早晨，叽叽叽，叽叽叽，斜斜地飞进青石的门框，在房梁上的旧巢中，探头探脑，钻进钻出。

老屋是祖父年轻时修建的，有四个大开间，一个大厅堂。我们一家人坐在厅堂吃饭，燕子在巢里喂食。母燕飞进门，小燕们就扑棱棱地趴在巢边，张开鹅黄色的小嘴，叽叽喳喳。母亲说，等柳枝芽齐了，泥鳅孵完卵，小燕子的羽毛全黑了，它们会回它们的老家，老家再远，它们也能飞过千山万壑，觅得自己的旧窝。

那时我还是在我女儿这个年龄，除了上学，都是在水沟里捉泥鳅。门口有一条水渠，直通饶北河，暴雨过后，把饭箅埋在水口，水渠上游被堵死，水孱弱下去，泥鳅边游边退，退进了饭箅里。一次总能捉两三斤。阳春天，我们就到稻田的入水口，垒一个小坝，把水放干，把一条条身圆肚滚的泥鳅扒进鱼篓里。在物资匮乏的年代，泥鳅煮面条已经是非常丰盛的美食。年少，不懂母亲的苦楚，常常抱怨母亲在春荒做的每一顿晚餐不是白菜焖饭就是芋头焖饭。母亲那时刚刚四十出头，身子已微微佝偻，窄脸门，嘴唇干焦，手指长而刚硬，像枣树的根，因肺热，每到深夜就有长长的咳嗽声。

事实上，我在乡间生活的时光，是较为短暂的，十六岁后，一直在城市里读书、工作，也只是在春节前后回乡间走走。近几年，枫林村的老屋都消失了，沿老街修建的，都是四层、五层的小洋楼。我的老屋也被几个哥哥拆了，建了三栋新房，前院的三棵大樟树砍了卖给了木雕厂，后院的一棵桃树、两棵枣树砍了当柴烧。饶北河右岸的农田大多荒废了，到了春天，油绿的杂草一片连着一片。新修的楼房里，只有老人和孩子。去年，一个早年外出打工，如今家业有成的人，回到枫林村，看见大片撂荒的田，说，田是我们的命，不能亏待自己的命。他把田全部以流转的方式承包，栽满西瓜。沙地产的西瓜，特别甜，枫林西瓜的名声曾一度响亮于江浙。

父母年迈，我想以后只要有时间，就会携妻儿回枫林村小住。对父母而言，这是一种温暖和慰藉。只是我年轻时不懂这些。这次假期，我答应陪女儿去枫林村钓鱼。母亲见了我，开始忙活好菜好饭。我说，还是我来烧饭吧。母亲老了，走路是一步一步地移，蹲下身子在埠头洗菜，要好长时间才能把手够着水面。连续几日，都下着迷蒙细雨。母亲说，多年没看见燕子了，今年燕子来，可是一件喜事。

　　池塘上是绵绵的水泡。细雨从天空的纺车里，一匹一匹地纺下来，丝丝缕缕，柔柔娉娉，缠缠绵绵。据说，燕子是恋旧巢的鸟，喜爱泥屋，筑好巢后，会一代一代地在此繁衍、居住。看着细雨中斜飞的燕子，有说不出的美好，我不自觉地咏起宋代陈与义的《对酒》诗："是非衮衮书生老，岁月匆匆燕子回。"

马金溪的斑头秋沙鸭

他们（十几个文化人）在下淤村的汉唐香府喝茶，我一个人在石埠桥看落霞。落霞转瞬即逝，茶可以慢慢喝。以石埠搭桥，是中国最古老的建桥方式之一。我在南方，看过无数的河流，但很少见到石埠桥了，要么被沙石掩埋，要么石埠被人抬走，取而代之的是公路桥。溪水汹涌，撞击着石埠，形成回流，一涡涡，吞泻而下。平静的溪面，并无水波，也看不出水在流。我以为，上游水源不足，水已无法流动，实际上，这是静水深流。水有一种带走一切的力量。

溪叫马金溪，清澈得可见水底软细的沙。下淤村在右岸，城边村在左岸。石埠桥上游 200 米处，有一座木桥，如彩虹拱于两岸。

在百十年前，下淤村还没有村，连屋舍也没有。每年雨季，马金溪滔滔的洪水，扬起浊浪，席卷了右岸的滩涂。开化属亚热带季风气候，温暖湿润，四季分明，雨量丰沛，雨季漫长，东南风吹来，雨婆婆娑娑，自山顶而下，飘飘洒洒，乌黑的雨线如密织的麻布。每一年洪水过后，都会淤积下厚厚的泥沙。泥沙长芦苇和灌木，也长藤萝。叶姓的村民搬迁来到了右岸，取村名下淤。下淤人靠山吃饭养家，种香菇，种木耳，制葛粉，制豆腐。早年，伐木。马金溪是放木排的主要水路。山里人穿着短衫，扎着腰巾，撑着木排，踏水放歌。马金溪是他们的命脉。下淤人把水果一筐筐运到十里外的县城去卖。他们挑着担子，踏过石埠桥，搭个便车，去卖土货。

石埠桥被水淹了，他们走木桥。木桥板用大钢钉钉死在木桥墩的横档上，桥桩用铁链扣死。桥桩连桥桩，再大的洪水也冲不垮木桥。木桥，村头村尾各有一座，像双彩虹落于马金溪。我在木桥上奔跑个来回，木桥板嘣嘣嘣，响得格外松脆。若是夏季，村童10余人，以"一"字排开，站在木桥上，做一个鱼入深渊的姿势，飞入溪中，啪啪啪，溅起高高的水花。村童从水面扬起晒得黝黑的脖子，抬起脸，嘻嘻哈哈。

洋槐的落叶一层层铺在石阶上，呈现碎碎的黄。

草皮滩也无草，铺满了落叶。落叶卷起来，被风轻轻扬起。秋风真是好东西，收割落叶，也收割秋水。秋水并不瘦，也不肥。秋水收走了溪的燥气。

岸边即将枯死的茅草，乱蓬蓬的。茅草并不茂盛，但足够遮盖裸露在溪边的淤泥。我在溪边踱步，一群水鸟从茅草蓬中游了出来。说是一群，其实就是3只。我看不清是什么水鸟，因为逆着光，看不清水鸟的毛色和喙的形状与颜色。在霞光漾起来的水面，鸟露出浅浅的脊背，脖子细短，头部呈半个叩指形，游得不动声色，水波一圈圈往前推移。游出三分之一河面宽时，一只水鸟扎入水中，没了身影。接着，另两只也扎入水中，没了身影。我挨着洋槐树，侧身在树后躲着，等待它们露出水面。

等了半分钟，它们露出了水面，在溪中央散开。晚出没，游禽，中型体格，我据此推断它们是水葫芦。水葫芦即鸊鹈别名，属冬候鸟，在南方越冬，栖息于开阔盆地、丘陵、平原等地貌的河流、山塘、湖泊中，小群觅食，大群集结迁徙。在南方僻静的河流地带，因食物丰富，也有大量留鸟。鸊鹈机警，习惯于躲着人，听见人声，立即潜水而逃，随波逐浪而居。但它并不远离人。在公园的小湖泊或城中河里，也常见鹧鸪，栖息于芦苇或茅草丛中，或营巢于树洞。

溪边石阶上，落满了洋槐叶，一片碎碎的赤黄。城边村虚虚地阴在山影里。牛脊背一样的山梁，浮出一晕晕的霞光。溯溪而上，至木桥。我坐在木桥上看河面。我心想，这一截溪流中，肯定还有另一群或几群水鸟在栖息。夕阳下山，正是水鸟觅食的时候。隔了 10 分钟，果然有一群水鸟从一丛短尖薹草里游出来。它们（5 只）游过来了，迎着水波，晃着头。我下子看清了它们：游在最前面的一只，头顶栗色，眼周黑褐色，背羽灰白色及浅褐色，喙短而扁，全喙呈深银灰色；尾随其后的一只，头顶白色，耸起如小凤头，眼周、枕部、背黑色，腰和尾灰色，两翅灰黑色；后面以半扇形排开的 3 只，其中一只白头，两只栗头。它们一边荡着水，一边游。我差点惊叫了起来——斑头秋沙鸭，斑头秋沙鸭！白头是雄鸭，栗头是雌鸭，它们一家子，悠游觅食呢。

我从来不敢想，尤其在我毫无准备的时候，我竟然看到了斑头秋沙鸭。斑头秋沙鸭属低危（LC）物种，无亚种。在中国的许多地方均有分布，尤其在长江流域，在低地森林的湖泊、河流、山塘等开阔地带分布更广，属于冬候鸟，20~30只小群迁徙栖息，一夫多妻制生活。

斑头秋沙鸭，我见过几次。一九九〇年深秋，我在当时的上饶县的礁石村，坐竹筏游信江。礁石村一带的信江两岸，树林茂密，野草丰盛，树枝一直垂到江面。撑竹筏的张师傅40来岁，见多识广，爱钓鱼捕鱼。我们顺江而下。竹筏走了1.5公里，到了一个大礁石前的柳树滩，一群水鸟踏水起飞，水花四溅。它们飞得很快，也不叫，飞行的路线上，有一行行水珠落下。老张呼叫起来："斑头秋沙鸭，斑头秋沙鸭!"我便记住了它。

二〇一六年暮秋，在横峰，我和徐勇游赭亭湖，天微凉，微雨。在僻静的湖坝湾口，20余只水鸟惊飞而起，掠起水花，哗啦啦，飞往湖边的乔木林。我们一船五六人，被它们惊呆了。他们叫着：野鸭，野鸭。其实不是野鸭。野鸭是绿头鸭的俗称，但惊飞的水鸟中，不仅有绿头鸭，而且有斑头鸭和斑头秋沙鸭。它们混杂在一起觅食的场景，实属罕见。斑头秋沙鸭是很机敏的水鸟，几乎不和其他水鸟（包含其他鸭类鸟）在一起觅食。

这么短短一截马金溪，我看到了两群斑头秋沙鸭。我估计，远不止这些，应该还有。作为一个种群，它们还有至少 10 余只，会在附近溪面出现。

马金溪自北向南而流，飘忽如带。马金溪是钱塘江的源头之一，跳珠飞溅，悬瀑倒挂，出幽峡，至山中盆地，水流平缓却浩浩汤汤，九曲至常山县境内，又名常山港，向东，泻入衢江。严冬的傍晚，月亮山下的下淤村堆满了落霞。柳树梢上，银杏的斜枝上，落霞一撮撮，粉团如蔷薇。马金溪跳动着水光，青黛的山影在水面漂浮，像一张湿漉漉的芭蕉叶。喜鹊飞过樟树林，嘻叽叽，嘻叽叽，叫得欢快又热烈。溪水如一个滑音，从琴弦上轻轻溜过。

山，是一种很神秘的地貌。高山必深，深山必幽。幽谷出清泉碧涧。开化处于怀玉山山脉与黄山山脉交错地带，山峦纵横，延绵百里。在浙北、赣东、皖南，两条山脉如盘龙，盘踞在方圆数百公里的大地上。东出皖南的新安江，经建德、桐庐、富阳，汇入钱塘江；南出开化的马金溪，经开化、常山，入衢江，再入钱塘江。两江汇流，奔腾入海，万化归一。

我继续溯溪而上，约 200 米处，即公路桥下，一个浮着碎叶莲的水洼口，又有 3 只斑头秋沙鸭游出来。我踩在洋槐落叶上，窸窸窣窣的脚步声惊扰了它们，它们快速扎入水中，潜下去，到了溪中央浮出来，摇着身子，顺水而下，转眼不见了身影。

霞光慢慢变白，白出稀稀的朦胧感。光在收缩，收拢，收进了水里，收进了山峦里，收进了水蓝色的天空里。下淤村所处的盆地一派萧瑟，绿水相映，横桥疏影。一只白鹭，沿着溪面的中等线，往下游飞。溪边密密的树林，鸟叽叽喳喳地叫。3 只乌青色的卷尾鸟，从对岸的电线上飞下来，飞入香樟林。

天色欲暗未暗，薄而透明。四周的山峦凸显出优美的山脊线。我沿着林中石板路，往上游的木桥走。另一侧的堤岸下，人工种植的苗圃里，有很多鸟在叫。鸟太多，我分辨不出有哪几种。苗圃里的树苗高过了堤岸，露出半截树冠。

在一棵洋槐下，有一块八仙桌大的淤泥洲，长满了茅荪。7 只斑头秋沙鸭从茅荪丛游出来。我的心怦怦地跳，我捂住了自己的嘴巴。淤泥洲离我只有 10 来步的距离，我看得真切了。这是我离斑头秋沙鸭最近的一次了。整个河滩只有我一个人。树林是空的，除了鸟和风。它们游得那么逍遥，像一群逍遥僧。

在不足 1 公里的马金溪（下淤村口河段），在同一个黄昏时分，我竟然发现了 4 群斑头秋沙鸭，我暗暗惊喜，也暗暗讶异。略感惋惜的是，我没听到一声斑头秋沙鸭叫。

光收尽了，天却没有完全黑——薄薄的月亮升在半中天。月是残月，如一把弯刀。溪水一直在流，但我们听不见流水声，也看不出流速。马金溪像血液在血管里一样流得安静。

马金溪为什么会有这么多斑头秋沙鸭呢？我给了自己答案。斑头秋沙鸭又称叫花头锯嘴鸭、小秋沙鸭、熊猫鸭、白秋鸭。它很容易被和鹊鸭混在一起。它还叫鱼鸭，叼鱼吃鱼是它的绝活儿。马金溪是钱塘江的源头之一，禁止污染，禁止打鱼，溪中鱼、虾、螺等种类多样且丰富，为斑头秋沙鸭提供了足够的食物。更重要的是，马金溪两岸河滩，有十分丰茂的树林（河堤建在树林之外，留下了河滩），溪边有茂盛的野草和水生植物，可供水鸟藏身、营巢。

一条保持了原始风貌的马金溪，是鱼虾的幸运，也是斑头秋沙鸭的幸运，更是河流的幸运。

风吹云动

　　天空一无所有

　　为何给我安慰

　　这是海子的诗句。其实天空有云，云也只游荡在天空里。天空是云的居所。

　　云可能是最轻的东西了，它终生被风吹动。风拖着它，拽着它，改变它的形状。风让云聚成一团，也让云散成流丝。山区多云，也多风。荣华山的上空，盘踞着云，满池塘浮萍似的，让人卑微——人只是池塘里的微生物，荣华山也只是一朵水莲。

　　云形成的原理是：含有水蒸气的空气上升到一定高度，由于温度较低，过饱和的水蒸气在空气中冷凝，形成可见的水蒸气，称之为云。云的类型可分为层云、卷云和积云。荣华山草木葱茏，水蒸发量大，多云是惯常的。云带来了雨。或者说，云是雨的前世，雨是云的凡胎。凡胎注定在大地上浪迹。

初入荣华山，是夏季，烈日炎炎。我一下子注意到了云。云白如洗，蚕丝一样。天空蓝，蓝得没有尽头，蓝得深邃无穷。我疑惑地对本地人说：这天蓝得只剩下云的白了，过滤了一样。本地人望望天，说：云黑起来才吓人呢，像藏着恶魔。

四个月后，我见识了恶魔一样的云。白露没过几天，气温急剧下降。午后，天完全黑暗，山下盆地像个地窖。蚂蚁慌乱。院子里来了很多蜻蜓，四处飞。天是在十几分钟内暗下来的，空中如洇开了墨水。我关掉电闸，收拾翻晒的物什，坐在走廊。云乌黑，一层层压实铺开。云团山峦一样，一座连一座，形成绵绵群山，高耸陡峭。云团不移动，遮蔽了光，给人压迫感。

游动的光，蓝色，在云层突闪，爆出蜘蛛丝一样的裂缝——闪电来了。我们不叫闪电，叫"忽显"。忽然显现的光，照见了云团狰狞的面目。云团像戴着黑色面具、披头散发的傩舞人。雷声从天边轰轰轰传来，俯冲而下，隆隆隆隆，炸裂。闪电一道追一道，显得迫不及待。蓝色火焰啪啪啪瞬间熄灭，似乎它快速地到来，是为了快速地熄灭。云团被一层层炸开。

雨下了。豆珠一样，啪哒啪哒，急急地敲打地面，溅起干燥的灰尘。脆脆的雨声犀利。雨珠打在白菜上，菜叶弹起来。雨点密集起来，雨线直拉拉。雨线网住了视野。鱼从水塘跃起，蝉声在耳际消失。芭蕉花被一朵朵打落在地。天慢慢白，把暗黑色一层层蜕下来，露出水光色。

山中多阵雨。阵雨范围很小，圆筛筛下来一样。有时，雨飘不过来，院子里一半潮湿一半干燥。云只有一块，巴掌大，但厚。阳光普照，云悬浮，被光烘托，像火炉里一块乌青的铁。更多的时候，云是丝絮状，一缕缕，被风扯远，扯着扯着，丝絮没了，或者飘过了山头，不见了。云也会流变。絮状的云会积在一起，缠绕，棉花般的云块，像一群白山羊，慵懒地卧在草地上。

春天的云和深秋的云不一样。春天的云，易散易聚。早晨还是乌沉沉，风一刮，云呼啦啦地流，如翻滚的波涛，也像流瀑奔泻。云翻滚，一卷一卷，翻过山梁，慢慢下沉，在山巅环绕。山尖竹笋一样露出来。白白的云翳像白皮毛的大氅，盖在山间。太阳出来了，云游散，散到树林里，散到河岸，散着散着，青山完全浮在了淡白的雾气里。云聚起来也快，如海面的浮冰，漂到了一起，冰撞着冰，引起了海平面骚动，带来了喧哗——细密的雨，飘飘洒洒。深秋的云，淡灰色，却不会有遮掩感，只是让人视线灰蒙蒙。云干燥，天空像一口烧干了的锅。云团出现，阴森森的，似乎云层里藏着什么怪物，却迟迟不下雨。云积在那里不动，像心中的块垒，无法消解。严寒季节，云会被冻住，像板结的塘泥。

一年四季，每当夕阳将沉，云朵都异样华美。那时的云朵，不叫云朵，叫云霞。彩色的云，叫霞。霞壮丽，肿胀，有炙热的燃烧感。云霞是天边的桃花。当桃花飘落，灼灼红颜凋敝，天宇明净阔亮，暮色已从山边上升。大地将至暮年。

杂工老钟每天出门，戴一顶旧得发黄的草帽，帽檐放低。他经常望望天，说：今天没有雨，或者说：云压头上了，有大雨。他把草帽当扇子，边摇边说话。他也把草帽当坐垫，往屁股下一塞，摸出烟，说：这个天会不会热死人啊？汗滴在眉毛上了，他抬手用衣袖擦。衣袖两边结了很多盐花。他是靠天吃饭的人。

挖菜地、劈木柴、遮秧苗，都是他的活。起风了，我站在窗口，喊：疤脸，疤脸，看看云，会不会下雨啊？疤脸是老钟的绰号。他喜滋滋地夹着烟，说：这个天下不了雨，别看云那么厚，风吹吹便没了。

山里的人，都会观云识天气。挖地挖了一半，把锄头扛在肩上回家了。问他：怎么没挖完就回去了？他嘟嘟嘴巴，说，你也不看看云，暴雨马上来。云团还在天边呢！这里艳阳当空。可隔不了一碗茶时间，乌云盖顶，噼噼啪啪，暴雨来了。初夏的雨，淋湿身子不要紧，就怕山洪暴发。暴雨如注，冲泻而下，沟沟壑壑淌满了黄泥浆水，汇流在山沟里。山洪惊涛，拍打着竹林，掩盖了芭茅和废弃的山田。黄土从山体坍塌下来，泥浆和雨水胶合，覆盖了半个山坳。来不及逃跑的野猪，被盖在了泥浆里，窒息而死。

云怎么也散不去，厚厚的，一堆叠一堆。云是海拔最高、体量最大的山峦。山峦慢慢塌，以暴雨的方式坍塌。荣华山四周的盆地成了云山的地下河，云带来了充沛的雨量。手抓一把土，水能从泥土中渗透出来。于是，辣椒烂根在地里；昨夜刚开的蔷薇，被无情地摧残；南浦溪的木船不知道漂到哪里去了；瓦屋漏了，哗哗哗的雨水落在了锅里，落在了木板床上；过河的山麂溺水而死。

这是最彻底的洗礼。云再一次帮大地恢复了原始的模样——摧枯拉朽是最彻底的清洗。云有一双魔手，让即将死亡的加速死亡，让无力生存的加速腐烂，让散叶开花的尽快茁壮成长。腐朽的，僵硬的，都埋到泥浆里去吧。

荣华山的任何气象，都是我关注的。任何时候，天气发生变化，我都有饱满的热情去看。凝露了，打雷了，卜冰雹了，飘雪了，蒙霜了，涨水了，刮大风了，野火烧山了，夜里冻冰了，我都去看。重大气象引发大地巨变，而云是气象之河的灯塔。

在屋顶天台上，在草滩上，在山顶上，都适合看云。晚上也可以在院子里看云。若是月明星稀之夜，云絮洁白，我们不由得感慨：天空无比壮阔。星星若隐若现，明月是古老银河中的一叶轻舟。

我遇到过一个走失的少年。他离家出走，走到荣华山，已是晚上了。他不知道怎么走，在山上坐了一夜。我遇见他时，他满身黄泥土，头发如鸡窝一样。我问：在山上待一夜，不怕吗？他瞪大眼睛，满脸稚气，说：

看了一个晚上的云，云飘来飘去，多自由自在，我都忘记了自己在山上。我说，孩子，我送你回家吧，否则你家人会急死。其实我心里羡慕他，一个人坐在山上过一夜，看流云飞转，看斗转星移。或许，我从来就是一个胆怯的人。是啊，谁不会爱上云呢？它那么自由，那么从容。它在天上，随风所欲地飘。浮萍在水里漂，还长根须呢，云根须也没有。它也不开花、不结果。

云随时随地都有一种寄情苍穹的状态，像一个不问人间的隐居者。王维有诗《终南别业》：

中岁颇好道，晚家南山陲。

兴来每独往，胜事空自知。

行到水穷处，坐看云起时。

偶然值林叟，谈笑无还期。

散步到流水尽头，云正好从山头涌上来。其实流水没有尽头，尽头之处是终结之处。有一副乡村寿枋（棺材的别称）常用的对联："水流归大海，月落不离天。"万事万物，都遵从守恒定律。人需要从容生活，淡定，淡雅，淡泊。王维被尊为"诗佛"，他了悟水云之禅。他从四十岁开始，半官半隐，在陕西蓝田的辋川寄情山水。辋川青山逶迤，峰峦叠嶂，幽谷流瀑布，溪流潺潺。我想起自己不惑之年，仍在外奔波，让家人牵挂，多多少少有些悲伤。

陈眉公辑录《小窗幽记》中引用洪应明的对联：

宠辱不惊，闲看庭前花开花落；

去留无意，漫随天外云卷云舒。

云自卷自舒，又有几人可以"卷舒"呢？人永远没有满足的时候，人永远不会珍惜已拥有的。水到了大海，才知道，哦，所有的行程只为了奔赴大海。

窗外，是晚霞映照的山峰。入秋的风，一天比一天凉。干燥的空气和干燥的蝉声，加重了黄昏的荒凉。夕阳的余晖给大地抹了一层灰色。云白如翳。一个穿深色蓝衫的人，坐在溪边的石磴上画油画。他每天都来，坐同一个石磴，已经有半个月了。我偶尔去看看他画画。他画田畴，画山梁，画云。云像什么，我们便会想什么。云，是心灵绽放出来的花。云是浮萍，我们是微生物。

孩子的乐器

　　我有过很多乐器，哨子、笛子、莲花板、葫芦、木鱼，还有过一把二胡。这些乐器都是自己动手做的。

　　四月，柳树已经披绿了，新长的柳枝水分充足，砍一枝下来，剁成手指长的一节，用手搓，来来回回搓，圆圆的木质和柳皮分离，把木质抽出来，留下空皮壳。把皮壳的一端，用铅笔刀慢慢削薄，青色的纤维像两片纸，用嘴抿几分钟再吹，发出嘘嘘嘘的声音，皮壳里流出黏滑的液体，白白的泡泡一圈圈飞出来。白泡泡飞没影了，就可以吹出弯弯扭扭的曲调了。

　　这就是柳笛。柳笛的声音，尖，沙哑，嘟嘟嘟，嘟嘟嘟，曲调简单。我们一群孩子，一边走路一边吹。去田野，去河滩，去幽深的峡谷，柳笛声响彻其间。四月，是柳笛的四月，依依的柳树下，一群少年面目洁净。我们鼓着圆嘟嘟的腮帮吹，吹得不知疲倦。第一次吹，吹不出声音，只有呼呼呼的空气在笛管里，沉闷地打转，吹久了，腮帮发酸，吃饭也没办法咀嚼。吹了三五天，奇妙的声音就出来了，我们吹不了调子，笛声高高低低，像一片被风拖曳的云。

柳笛只能吹一天，过了一夜，柳树的皮壳变成了麻色，发干、收缩，开裂出细缝。柳树皮，一天就干裂了。皮的生命短促。树皮是植物的主要呼吸系统之一。我栽过柳树，在河边的淤泥滩扦插了十几株，其中的五株剥了皮扦插。过了两个月，剥了皮的柳枝风干了水分，发黑腐烂。柳笛声也许是柳树呼吸的延续，虽然只有短短的一天。但我可以让柳笛保存十几天——不吹的时候，把柳笛浸在水池里，要吹的时候，把它取上来。

还有一种笛子，制作更简单。割麦了，坐在田埂上歇息，取一根麦秸，去麦衣，剪一节，把一端用牙齿慢慢嚼薄，就可以悠长地吹了。挑着麦子回家，我们吹着麦笛。麦笛声清脆，金色的阳光一样洒遍大地。麦秸通透，黄白色，摸起来有稀稀的油脂。麦秸做蒲扇，做蒲团，做蒲垫，做碗垫，这是大人的事。我们去上学，帆布书包里，带一个桂竹筒，桂竹筒里装着

麦笛。我们用麦秸吹肥皂泡，边吹边打闹，肥皂泡飞
在衣服上，飞在头发上，飞在课桌上，飞在课本上，
一会儿就没了。我们也吹麦笛，坐在课桌上，几个人
对着吹，摇头晃脑，斜睨着眼睛，看谁吹的时间长。

吹麦笛的时候，正是枇杷黄时。田畴油绿，瓜花
满架。我们的衣兜里，随时可以摸出几根麦笛。忘忧
的少年，像瓜一样发育。我们在路上推铁环时，也吹
麦笛。

最难吹的，是哨子。哨子是苦楮子哨子。把苦楮
子的果蒂，用螺丝刀撬开，掏出果肉，把切口磨圆，
放在嘴巴里吹。我们只能吹出嘘嘘嘘的声音，却吹不
出调子。村里有一个叫兴的人，哨子吹得特别好。我
们远远就能听到他的哨声。他吹的歌曲，都是我们随
口可哼的——《大海啊，故乡》《水兵之歌》《茉莉
花》《阿里山的姑娘》。他高中刚毕业，穿喇叭裤白衬
衫，卷卷的头发。他还会吹口琴和竹笛，当然，我们
最喜欢听他吹哨子。中午要上学之前，我们会在他房
间里玩十几分钟再去学校。他有一个书桌，一个抽屉
里都是褐黄色的苦楮哨子。他会做很多乐器，做竹笛，
做箫，做葫芦丝，做二胡，无师自通。他有一个书架，

上面摆放的都是音乐书籍和音乐杂志。我记得有《歌曲》《音乐杂志》《歌词》等杂志。他每天早上都在他家后院桃树下拉二胡。桃树枝上挂一面镜子，他对着镜子拉。很多年的早晨，他都在拉。他还会谱曲，用一支铅笔，在纸上写简谱，一边写，一边轻轻哼唱，唱完了，问我们："曲子好不好听?"我们异口同声地说："好听。"他孩子一样笑了，露出酒窝。他一直报考音乐学院，都没录取。他高兴了，送我们苦楮哨子或竹哨子，我们收下后乐颠颠地上学去了。他现在是乡村乐队的二胡手兼歌手。背一个帆布袋，经常出现在红白喜事的酒席场上，头发过早地麻白了，驼一个虾公背，穿褪色的军绿棉袄，厚厚的。他老婆喜欢打麻将，穿棉袄般的睡衣，晚饭后出现在杂货店，吆三喝四。他跟在老婆身后，把手抄进袖筒里，嘿嘿地笑。他畏惧他老婆，据说他老婆自小习武，夫妻干架的时候，把他骑在地上用洗碗布塞他嘴巴。

但他年轻时站在河堤上吹哨子的神采，在我心里不曾改变过。他高挑的个头，白衬衫被风吹动。悠扬的哨声，在河边激荡。我不知道是什么改变了他，大概是那个该死的叫"生活"的东西。我每次回家，看见他在酒席场，坐在厅堂的角落里，靠着墙壁，吸着劣质纸烟，拉着忧伤的曲调，唱丧曲悲歌，我便无限悲伤。

我还做过风哨。风哨，就是自然风吹的哨子。我砍来斑竹，留一节，锯断，插在土坯房墙缝里，冬天风大，呼呼呼，风哨会嘟嘟嘟地响起来。响声使黑夜有一种莫名的荒凉感。黑夜是多么旷芜。

竹节草的草茎也可以做哨子，把茎心捏出来，直接吹。竹子的叶子，也可以做哨子，把竹叶卷起来，形成一个小喇叭，轻轻吹起。荷叶也可以做哨子，也是卷起来吹。最神奇的树叶哨子，是山胡椒树叶做的，不用卷，抿几下，吹出来的曲调十分完整，音色也好，还响亮。

村里有一个算命先生，绰号孔明。他的手上有两样东西：右手一根拐杖，左手一副莲花板。莲花板就是快板。他走路时，啪嗒啪嗒地打莲花板。我也曾一度迷恋莲花板。做篾的人来我家打箩筐时，我便自己做莲花板。我母亲狠狠地责备我："打莲花板是吆街的，你打算以后去讨饭了？"我喜欢听竹板敲打竹板的声音，啪——嗒，啪——嗒。我把莲花板插在裤兜里，在我母亲不在场的时候，拿出来打。我学着孔明的样子，一边打一边说："哎，听到莲花板一响啊，坐一坐，算一算。人有八字命啊，命，就是摆定，人脱了摆定啊……"我父亲用筷子打在我头上，说："什么不好学，学一个瞎子。瞎子算命是为了吃一碗饭，孔明能算出自己的命是算命的吗？"学校举办国庆晚会，一个班选三个节目。我自告奋勇，在班会上第一个举手。班主任说，勇敢的同学，你想表演什么节目？我说，我会唱莲花板。全班人哄笑。班主任也哈哈大笑，说，国庆晚会怎么可以唱莲花板呢，那是吮街人唱的。我说，我先唱一段吧，看一看可不可以。班主任摆摆手，说，不唱不唱，别人听了，还以为我不培养革命接班人，培养讨饭佬呢。我面红耳赤，站着，傻傻的，不知道是该坐下去，还是该继续站着，看看哄堂大笑的同学，自己也扑哧笑了起来。

可惜了我一双手，我打莲花板，很是灵巧，上下左右翻转，多灵活啊。可惜莲花板那时只适合吮街、卖唱、算命，上不得台面。我父亲常说我："你以后长大了，我都不知道你会干啥。"

我喜欢一个人玩，玩法常翻新。我有一个自己的厢房，有一段时间，除了上学，我就躲在厢房。我把十几个刀匣摆在桌子上，用筷子敲击，像敲木鱼。乡村人的柴刀、镰刀，插在身上，用木匣子装。木匣子是将油茶树的直树干掏空，作刀匣。刀匣中空，筷子敲起来，得得得得，很悦耳。我用筷子敲击刀匣，十几个，连续敲，时快时慢，快时像鸟掠过水面，慢时像疲惫的马走在石板路上。音色会在筷子敲击的节奏中变化。

我还吹过葫芦。葫芦干了，从藤上摘下来，用筷子把里面掏空，灌不多的水，一吹，呜呜呜，呜呜呜。水在葫芦里噗噗噗。葫芦是个好东西。我祖父把酒灌在葫芦里，要喝了，从香桌上取下来，斟上半碗。我母亲把芝麻种子存在葫芦里，开春种芝麻，抖一碗出来撒在菜地上。我把葫芦装满水背在身上，去割稻子，水喝完了，呜呜地吹它。我憋足了气吹，把自己的腮帮鼓得像气球。

我大哥有一把二胡，夏夜，他坐在自己的床墩上，拉二胡。我很想有一把二胡，我开始自己做。蛇皮、蜂蜡、竹筒，我都找来了，可我找不到东西做弦。我想了很多法子，都觉得不适合。铁丝太硬了，弹性不够。尼龙绳太粗糙，拉不出音，麻线也是这样。我母亲那时在养蚕，蚕在土坯房里，嘶嘶嘶嘶地吃桑叶。我用手搓蚕丝，搓得手掌肿胀，我想用蚕丝做弦。一把二胡做了半年多，给大哥看。大哥拉了两下，说，二胡的样子很足，但弦调不紧，音出不来，当玩具还可以。

孩子的乐器，不是来自乐器店。那时整个小镇也没有乐器店。乐器都是自己做的，用刀、用嘴巴、用螺丝刀做，简单，朴素。乐器也是玩具。孩子的乐器，很难完成一首歌曲的表达，发音生涩、阻塞，但这样的乐器是快乐的乐器，像一颗无忧无虑的心。这是来自大地深处的欢乐，带着草木的灵魂，吹着乡野原始的歌谣，像淡淡升起的炊烟。

现在的孩子，大多已经不知道这些乐器了。很多人玩手机，玩电脑游戏，玩拼图、机器人，他们已经忘记了脚下还有大地，以及大地能带给孩子的欢乐。我不知道，这是人的悲哀，还是时代的幸运。我家里堆了四大箱塑料玩具，蜘蛛侠、挖掘机、火车、飞机、机关枪，孩子一个人在玩这些。我看着他玩，让我觉得我选择在城市生活，是一种错误。

树冠之上是海

暮色在 16：50 开始垂降。暮色不知是从哪儿垂降下来的。黄家尖的山峰上，仍是橘黄色，阳光有些粉油。山梁上的竹林浸染在夕光之中。山影覆盖的山垄，有蒙蒙的灰色。灰色是有重量的颜色，压在树梢上，压在草叶上，山垄变得有些弯曲。

黑母狗站在窗户下，伸长了脖子，望着皂角树。三只狗崽支起前身，躲在母狗腹下吮吸奶水。母狗的脖子上，拴着一条白色金属链，它扭动一下脖子，链嗓嘟嗓嘟作响。狗崽滚胖，母狗却骨瘦如柴。半月前，母狗生下七只狗崽，陈冯春知道母狗奶不活这么多狗崽，他提一个竹篮，随手抱走四只，拎到山下人家。抱走的四只狗崽，还没开叫，眼睛还没睁开。万涛问陈冯春：后来，那四只怎么样了呢？我说，这就是命运，与人一样。母狗的眼睛乌溜溜，透出深灰色的光，这是远山的颜色。远山浮着一层烟霭一样的雾气。由南而北的峡谷，锁住了群山。交错的山垄沉在夕晖之中。

晚风从山梁而下，盖竹洋（注：地名）涌起了寒意。我找出毛衣穿上身。陈冯春的爱人在烧菜。屋内已漆黑，只有厅堂还残留着薄薄的天光。因为这里不通电，只有在灶膛可以看见非自然光。我进去烧灶膛，添木柴。木柴是竹片。我劈开干燥的长竹筒，把竹片叉进灶膛，火一下子扬起来。我对陈家大嫂说：可以点蜡烛了。陈家大嫂喊：冯春，太阳能灯可以点起来了。

院子里的三杆太阳能灯，亮起来了。灯光有些惨白，很淡，只有灯罩周围吸着一团毛茸茸的白光。三盏灯，看起来像三朵白棉花。厨房的太阳能灯挂在墙壁上，挂得有些歪斜，光也歪斜，照不进锅里。

"菜上桌了，大家吃饭了。"我吆喝了一声。

厅堂全黑了，屋外的灯，只照得到门槛。陈冯春从厨房拉出灯，挂在柱子的铁钉上。灯还没亮出瓦数应有的亮度，扑在柱子上，如一只发出荧光的白鼠。我们围着简朴的八仙桌，一餐饭很快吃完。吃完了，大家仍然围在桌边。因为一个屋子里，只有厅堂有灯光。南边的混杂林里有两只竹鸡在叫，嘘叽叽，嘘叽叽。山野清静了，竹鸡的叫声显得更悠远嘹亮。早上，竹鸡也叫得早，天刚刚开亮，它们就亮开了嗓子。竹鸡一窝窝生活在一起，少则三五只，多则几十只。一窝竹鸡盘踞在一个林子里，一起外出觅食，成群结队。

我凝视着柱子上的灯。我长久地凝视。事实上，我并不惧怕黑，但我渴望满屋子荡漾着灯光。那样，我会有一种被温暖包围的感觉，不会有悬空感。深度的黑暗，让人悬空，如漂浮在水流上。灯光散发天然的母性。诗人郑渭波写过这样的诗句：升起一盏灯，我不再渴求光明。诗人在黑暗中住得太久了。在黑暗中久住的人，如同生活在地窖中。灯慢慢亮起，如昙花在盎然怒放。我在城市生活得太久了，没有哪个夜晚离开过灯光。在灯下，喝茶、翻书、上网，即使是散步，也在灯光明亮的人行道或者公园里。灯光是我们亲密无间的伙伴，但我们从没在意过灯光。灯是那么普通，一个玻璃外壳，里面弯着几根细钨丝，钨丝发热，光散了出来。灯是屋子的心脏。

闲谈了一会儿，万涛回房间睡觉了。我看了一下时间，才 18：50。我们同睡一个房间，他睡帐篷，我睡旅行床。旅行床是折叠床架支起的布垫，睡起来往下凹陷，不好转身，头也往下垂。陈冯春拎了一个充电应急灯，竖在旧沙发靠背上。我晃晃拇指大的手电，说，不需要灯，有手电。万涛打开充电宝台灯，阅读2020年第6期《天涯》杂志。在高海拔的空心村，有人阅读《天涯》，这个人无疑太奢侈了，内心也高贵。我把台灯关了，说，电很宝贵，留着充手机吧。我铺好床，却不想睡。我站在院子边的篱笆下，仰头望星空。

四野清朗，山影黑魆魆，山坳中的梯田却明净，看着也愈加开阔。我也不知道是什么鸟，在玲玲玲地叫。田边有两棵喜树，长在田埂下的一块草地里，树叶蓬勃青绿。叫声就是从喜树上发出来的。鸟的体型可能较小，因为鸣叫声既轻盈又悦耳，像一对风铃被风徐徐吹动。星空似乎很低矮，如蓝手帕盖在山顶。

星星如一只只萤火虫，在天际发亮。光越来越亮，亮出水晶体的白色。月亮还没出来，即使要出来，也要等到凌晨，月也是残月。农历月末，月亮藏在一个深不可测的水潭里，无人把它捞出来，也没有鲤鱼把它衔来。萤火虫越来越密集，从蔚蓝的水幕爆出来。

水幕如一个蒸锅的玻璃盖，火在蒸锅下扑哧扑哧地烧，水慢慢变热，蒸汽凝结在锅盖上，凝成水珠。水沸腾，水珠密密麻麻，一滴一滴落回蒸锅里。玻璃锅盖上的水珠，透明、纯洁、朴素——星星就是水幕中的水珠。如果我把手捂在锅盖上，手会很快发热，热量沿着我的毛细血管，进入筋脉，传遍全身。如果我伸出手，可以掬满手的星星，我想，也会全身燥热。可星光照下来，冷冷的，霜一样降下来。我把火盆端到院子里，依偎着火。炭火微弱的红光扑在脸上，有热泪滑落之感。

皂角树高大，树腰之下，爬满了藤条。皂角树是落叶乔木，在晚秋，它太空落落的了，只适合挂星星。星星在光溜溜的树梢上，亮晃晃。两棵银杏树叶子纷落，发出簌簌之声。

有些冷，我坐不住。我躺在床上，听万涛节奏有致的鼾声。"怎么这样安静呢？什么声音也没有。"万涛说。他并没熟睡。我说，夜声是很难察觉的，到户外就可以听见。

迷迷糊糊地，我们都入睡了。我们暂时忘记了这里是茫茫大山。

"你听到叫声了吗？这是什么声音?"万涛坐了起来。我说，没听到，我正在做梦，梦见一个高高的山崖，我坠了下去，一只鸟飞来，把我驮走了。说完，我穿起了衣服，打开略显破旧的木板门，一阵冷风涌了进来，随风一起涌进来的还有星光。我裹紧了衣服，站在屋檐下。看了看时间，是凌晨2：10。

星星大朵大朵地开在苍穹的崖壁上。那是一些白灿灿的毛茸茸的花，歌谣一般的花。我知道，那是一群天鹅，飞往天庭，越飞越远，直至影迹杳杳，留下发光的背影，但不会彻底离我而去。南边山梁下的山谷，发出了噢哦……噢哦的声音。声音清脆柔和，有一股爆发力。我对万涛说，这是山麂在叫。山麂四季都会求偶，有胎不离身之说。山麂生了崽崽，很快会求偶。山麂的觅食范围一般在6平方公里以内，可雄麂在求偶期，会去30公里外会"情人"。雄麂发出的求偶声，可传3公里之外。这是一个叫驼子的猎人告诉我的。

"要不要去田垄看看？那里肯定有野兔在吃草籽。"万涛说。

"这一带，野鸡非常多，说不定野鸡藏在田里。"

我们打起了小手电，起身欲去田垄，忍了忍，还是没去——露水太重了。地上湿湿的，屋檐、台阶湿湿的，我的额头湿湿的。露水不知不觉湿透了草木。我摸摸竹篱笆上的竹竿，水吧嗒吧嗒落下来。露水在凝结时，顺带把星光也凝结了，每一滴露水，都闪烁着光。聚集又分散的星星，像冻在高空的雪花。

"月圆之夜，在盖竹洋看星空，可能会更美。"我说。万涛不说话，仰着头看天空。

"月太明了，星光会弱一些。"我自言自语。

我站在皂角树下，望望四野，素美而清冷。四野都是树冠，山是树冠堆叠的地方。树冠遮蔽了庞大的山体，比山体更壮阔。上午走山谷，我和万涛从古道而下，穿过一片芦苇茂密的山地，下到了山坞。这是一个极少有人深入的山坞，溪涧水流湍急。我们很难看到大块的天空——树冠屏蔽了阳光。我们走走停停。枫树、栲树、冬青、鹅掌楸、苦槠、水杉、杉松、大叶栎……它们都有着巨大的树冠，或如圆盖，或如卷席，或如草垛，或如阳伞。

星夜之下，树冠支撑起了大地的高度。

夜寒，我们又继续睡，可我怎么也入睡不了。我眼睁睁地看着木窗。木窗半开，风冷扑扑的。也可能是沉默的群星，在不停地唤人。山中冷夜，我们可以听见星星的呼喊声。声声慢的呼喊声，溪水般的呼喊声。星星是一群白鹭，在树冠夜宿，树冠是它们的帐篷。天亮了，它们悄然离去，随夜色离去。它们在离去时有着长调式的鸣啼。在夜宿时，它们以风发声，以树叶发声。

凌晨5：15，我起床了。睁着眼睡觉，比梦魇还让人难熬。我倒了一杯热水，抱在手上。天深灰色，天光一丝丝渗出来。远山朦朦胧胧。坤坤坤，一只鸟在涧边枫树上叫，我不知道是什么鸟，叫声像敲钹。鸟鸣声惊散了群星。星星藏在深海万米之下的海底，水光漾了出来。落下的星星不是消亡，而是退隐。星星不会死亡。在亘古的大海中，一颗星星就是一座岛屿。岛屿不会沉没，而是不露峥嵘。失散的人会在岛屿上重逢。

以露水为马，驮着星星，穿过了长夜。

与露水相遇的人，也与星星相遇，追随大海，浪来涛去。

绿树村边合

下了磨盘山，到了崇山村，我想起了一生求仕而不得的孟浩然。居襄阳，做个田园诗人多好，干吗去求仕呢？他写《过故人庄》："故人具鸡黍，邀我至田家。绿树村边合，青山郭外斜。开轩面场圃，把酒话桑麻。待到重阳日，还来就菊花。"正合了此番的景致。山里的菊花开得缓，也凋敝得晚，水坑边，田埂上，山地角，岩石缝，都有野菊淡淡地开放，不为人知地开放。野菊是金盏菊，铜钱大的花朵，慢悠悠地开遍了寂寞的山野。山野是一壶水，菊花在其间漾漾地洇出金黄色水渍。

四周的山梁，仿佛漏斗，豁开一个口，有了关隘。关隘峻峭，流水飞溅而下，飞瀑如雷却落于山下，沉默于山谷。从关隘往山下看一眼，群山锁闭，天空空茫，莽莽林涛埋着起伏的炊烟。烟雨如晦，白扑扑的山岚聚在山梁不散。流水自山谷而来，浅浅清清的溪涧跌宕在涧石和沙砾间。涧石是麻石，被水洗圆，像弥勒佛滚圆的肚皮。沙砾白色，在溪水中莹莹闪光，米虾藏在苔藓中，像齐白石滴在纸上的一滴墨水。水中的苔藓，我们不叫苔藓，叫"青黝"。"黝"给人光滑的触摸感、清凉感，是人体触觉的一个外延。苔藓是一种旧时光，岁月沧桑、年华易逝不免让人感慨，若是在异乡漂泊多年，看见家中门槛长满苔藓，那种况味，无疑如见了母亲满头白发。青黝是死可复活的，干枯了，浇几次水，又幽幽地发青了，是永远也不会苍老的。我们完全可以这样祝福自己：像青黝一样活着，卑微，但无畏风雨。

屋舍依山顺溪涧而筑，古老的房子还在，木结构，门板厚实，泥瓦全黑了，风吹来，似乎有当当当的急奏声。村口的石拱桥，仿佛是醉卧的下弦月。作为一个无家可归的人，月亮是可以随处安歇的，但它习惯了流浪，习惯了枕涛而眠。到了崇山村，它不想走了，提着酒壶，唱叮叮咚咚的歌，找了一棵老树，卧了下来。石拱桥是麻石桥，地衣植物和藤本植物贴着桥体，葱绿地长。屋舍后面，是被灌木遮蔽的山。院子有石砌的矮墙，黑黑的，呈半弧形或四边形。墙缝有指甲花或野蔷薇盛开。素净的院子，是乡邻搬到户外的厅堂，夏天，萤火流曳，星光倾泻，相邻的人聚在院子里，喝着山茶，说杂七杂八的闲话，说起村里漂亮的女人，不觉间，夜已深，明月西斜。星斗在院子里敞开了天空的帐篷，院子像敞开了的心灵。小孩在竹床上酣睡了，老人在长条凳上打瞌睡了。矮墙上的盆景吊兰，垂下了卷曲的花枝，幽暗地送着香气。

夏暑，敲开竹卷席，翻晒新稻谷，黄黄的很耀眼，饱满的谷粒让人不自觉地站着，傻傻地看着，嘴角露出不易察觉的微笑。王维写《新晴野望》："新晴原野旷，极目无氛垢。郭门临渡头，村树连溪口。白水明田外，碧峰出山后。农月无闲人，倾家事南亩。"村人蹲在院子里吃饭，把整个煎辣椒夹进嘴里，把油淋茄子夹进嘴巴，只有嘴巴鼓鼓的，才能体现那种丰收的喜悦。傍晚了，在溪涧里洗澡，顺带的，在水草里摸几条鱼回家做下酒菜。没有鱼，摸一盘螺蛳回家，也是一样的。

沿溪涧逆流而上，山路是一条古道。古道是一种不会腐烂的肉体。来来往往的南北客，沿古道翻过山梁，再下一个山梁，便是当时的上饶县望仙谷，再沿峡谷走一个时辰，是我的另一个胞衣——郑坊，我在那儿出生，并度过青少年时光。古道是石砌的步道，河石和片石依溪涧而砌，千百年来，旅人和货客以草鞋把石头磨平，油亮的石面隐隐传来雨星的急溅声。给我喝野山茶的老徐对我说："我去郑坊台湖喝喜酒，一天走来回呢。"这里到台湖，要翻过多少道山梁，我是数不清的，要踏多少级古道，也是数不清的。好客的村人，把古道两边的芭茅和灌木砍了，带我们走。古道是寂寞的时间隧道，我们走进去，仿佛可以看见古人迎面而来，戴着斗笠，褡裢里藏着不多的珍贵货物，船型的草鞋露出粗大的脚趾，挽起的裤脚沾上了草露水。呈梯状的山间田垄像一件百家衣，晾晒在山谷里。迎客松和枫树，在山崖上，恰合时宜地拔地而起，让疲惫的过客有了感怀的温暖。

村子里有叠山书院，是弋阳县叠山书院的前身。南宋为元所亡时，南宋名士谢枋得全家殉难。谢枋得，字君直，号叠山，弋阳人。元仁宗延祐五年（1318），当地民众不顾官府的阻挠，建成弋阳叠山书院，以纪念谢枋得保家卫国的精神和气节。书院后毁于大火，明熹宗天启年间（1621—1627）重建。村里的老人都还记得这个不大的书院，以及在书院里上私塾的情形，现书院已不复存在。书院的房子颓败之后，被人建了民房。但书院的天井还在，鹅卵石铺砌的花纹，花岗岩的天井台阶，精美的书院精气奔袭而来，似乎还有琅琅书声一阵阵响彻耳际。再往山谷走一碗茶的时间，便是白果自然村。村口，千年银杏赫然而立。时值隆冬，银杏树苍然，已然没有叶子，发黑的树身和遒劲的枝丫，道尽人世沧桑。溪涧中分村舍，溪底是石头铺设的，缓缓下斜，溪水汩汩而淌。

崇山村是高山村落，隶属新篁。翻过山道往北，便是葛源。这是我第二次来崇山村。第一次来，是两个月之前，看千年银杏树，喝了一碗茶便走了。桥头的老徐好客，泡野山茶给我喝。毛尖青青的茶叶浮在杯子里，像一座座山峰浮在云雾里——我是不会忘记的。暗香，淡雅，俊逸，是这杯茶给我的印象，也是崇山村给我的印象。我去过很多山间小村子，我喜欢在小村子里乱转的感觉，走走停停，到别人家里坐坐，聊聊天。有的村子，我坐下来了，便不想走，想找个合适的溪口或桥头建个小房子，住下来，成为一个

"把酒话桑麻"的人。在新篁的平港村和崇山村，我也是这样想的。也仅仅是想想而已——人怎么生活，在哪儿生活，是命运的一部分，像我这样一个年过四十的人，对命运只会越来越敬畏。

当然，奢侈的想法也是消除不了的，比如在崇山村住上一夜，听听溪涧的流淌声，看萤火把夏夜织成丝绸，又有什么不可呢？把美好的偶遇变作一种向往，或许是生活的一种期盼吧。在人世的环形跑道里，我们是需要向往的，这样，我们便不会厌世，也不会被人世所累。

窑　语

　　窑火耸立，火鸟一样张开了翅膀，在盘旋，在壮美地翱翔。河水在回流。蓝夜的光，如暮瀑奔泻。我们的胸膛灼热，与火鸟紧紧拥抱在一起，尽情幻舞。

　　从皂头镇窑山村回来，窑火一直在我脑海里奔放。

　　我熟悉南方的土窑：半圆形的拱门，长长的土砖垒砌的窑垄，方块的天窗，伏地而起的烟囱。场院里，堆着高高的柴垛或芦苇垛，土陶坯已经晒得发白，泥浆水淌出油状的水痕，成了陶器的花纹，白白的太阳烘烤着，泥池里黑褐色的胶泥温顺且柔和。

　　泥是从老河道里挖上来的，一车一车地拉到泥池里，浇上水，用木勺泼洒，一遍又一遍，泥湿透了，泥孔冒出咕咕的气泡。踩泥人把健壮的牛从牛圈里拉出来，哦，哦，哦，和牛说着亲热的话，给它喂上整畚斗的米糠，用一块黑布，把牛的眼睛蒙起来，牵牛进泥池，踩泥，深一脚浅一脚。胶泥陷满了牛的脚窝，也陷满了人的脚窝。踩了半日，又泼洒水，胶泥开始黏合，稠密。又踩半日，胶泥如蒸熟的糯米浆，黏，糯，柔。制陶师用一把弓状的钢丝锯，把池泥切割成一块块，抱进茅棚里，开始制陶。制陶的地方，在毗连的另一个茅棚，内有一张青石案桌。师傅抱起泥坯，在案桌上狠狠地摔打，反复摔打，直至胶泥瘫软，开始揉，揉出泥皮片。师傅像个面点师，胶泥成了发酵的面粉。师傅托着泥皮片，裹在陶模上。一只手给胶泥刮浆，　只手转动模具，浆水汩汩地淌下来，浓浓的，浑浊而清冽。

做好了的土陶坯，在黄泥夯实的地垄里暴晒。黑褐色的陶坯，笨拙、朴素，像一张张饱满的脸。日暮，芦苇扎的盖席，一列列地盖在陶坯上。陶坯暴晒之后，一日比一日白，亮出泥质浑厚的色泽，花纹一圈圈地吐出来，有荷花，有丁香，有蔷薇，水的波纹也一层层地卷出来，细密，柔和，俊美。烈日暴晒七日，陶坯可以进窑了。把陶坯一个个抱进窑，一垄垄地码起来，码两天，封了窑门，师傅们坐在一起，喝一场酣畅的酒。酒是谷酒，如太阳一样暴烈。酒喝够了，开始点窑火，这时月亮已经爬上了屋顶。干燥的芦苇叉进窑口，粗粗的硬木挤压进窑口，窑身的蒸汽一卷一卷地扑腾起来，白烟升上村边的树梢。

窑火，酣睡的窑火，从河水里爬起来，被噼噼啪啪作响的木柴唤醒。树脂吱吱吱地叫，空气在炸裂，如熟透的石榴一样迸开。陶坯被红绸般的火焰包裹，一层又一层。窑身开始变红，跃动的气流在场院里回荡。蓝夜，水银似的蓝夜流淌，高高的苍穹变得低矮，一直垂降在我们的眉宇。碎冰般的星星，继续碎裂，莹莹闪闪。蛙声此起彼伏。

在关于故园的词条中，窑对于我来说，是一个仅次于粮食的词。窑，为我们提供了一个家的大部分器具：瓦、砖、碗、钵、盆、碟、瓮、缸、茶壶、酒壶、酒杯、茶杯……我们用砖瓦筑舍，用碗盛饭，用钵盛汤，用瓮储藏干粮，用水缸储水，用菜缸腌制咸菜，用壶泡茶，用杯喝酒。在物资匮乏的年代，我们还托钵行乞。窑里烧出来的每一件物品，都有与我们身体相似的品质：器具上留有人的掌纹和温度，把人的品性融入胶泥里，经烈火焚烧，最后与我们一起攻读岁月。它们与我们的身体一样洁净、柔美，它们与我们的生命一样坚硬、易碎。在我孩童时期，快过年了，我随母亲去小镇郑坊，拉一架平板车，买土缸土瓮。卖陶器的店有好几家，我们一家一家看过去，问价格，看器物成色，一条街走完，已经到中午。母亲拉车，我在后面推，小跑着，布鞋摩擦沙子的声音，沙沙沙，和冷风吹哨子的声音，相互交混，至今不散。

我看过很多土窑，但大部分废弃了，窑火早已熄灭。把我们从远古洞穴里带进家园的窑，从我们的视野里慢慢消失，甚至被我们遗忘。

丙申年仲夏，我和徐勇去窑山村，再一次看到了窑。窑山村是一个水岸边的村子，村侧便是丰溪河。在老旧的窑场，我见到了制陶师傅，穿藏青色的围裙，戴着草帽，吸着纸烟，粗粝厚实的手掌裹着泥垢——我多么熟悉这样的模样，朴素、仁爱，有泥的慈悲，有水的绕指柔。一口口大水缸，整整齐齐地排在院子里，在阳光下，散发圆润的光泽，黝紫的釉色却闪闪发亮。我拍拍缸身，把耳朵贴在缸口，嗡嗡嗡，声音清脆、爽亮，如泉水淌于井中。

在两栋瓦房里，码着晒干了的土陶坯，一层一层，一垄一垄。我推开满是灰尘的木门，黯淡的光线落在土陶坯上，器物如昨，却鲜活如初。瓦舍前后的院子里，破碎的陶片和弃用的缸瓮散落在荒草间。瓜架上的南瓜花和黄瓜花，开得粉嫩。

随着时代的更替和变迁，我们的生活方式在改变，我们所用的器物也在改变。皂头镇是古信州南部的中心生活区，丰溪河从这里奔腾汇入灵溪，始称信江。信江壮阔，浩浩渺渺两百余里。河流所哺育的，正是人所渴求的繁衍与生生不息。窑，是信江沿岸最具人烟气息的文明。窑，我们曾像依赖屋舍一样依赖它。窑，给了我们四壁，给了我们屋顶。窑，是我们身体的延伸部分，是我们生命储藏的部分。

窑火，是生命在发烫。那么慈爱，那么倔强。窑火，是我们的摇篮曲，也是我们的生命曲。

我抚摸着大水缸，手久久不忍离开。

深山晚钟

特意从外地来探望我的两个朋友，中午返程了。我一时无所适从，在房间里坐一会儿，又去院子走走，没走几步，又去房间小坐一会儿，喝着凉冰冰的冷开水，不知把自己安放在哪儿，才可以安静下来。围墙外，有一坡茶树，前半月开满了白花，大山雀叽叽叽叽，很是闹人。我看看天色，暮日将沉，向西蜿蜒的山梁有一抹绯霞，殿基村的炊烟淡淡升起。我拿了一根木棍，向茶地走去。

茶地在右边山道的右坡上，距山道有五十多米。初来这里时，有一天傍晚，我散步，遇见一个在坡上砍杂木作柴火的人，他脸黑黑的，像一块焦树皮，五十多岁，下巴尖尖，穿一件破旧黄衣裳，刀吃入木头的声音，哒哒哒。我问："这片山是你家的吗？"他说是呀，有五十多亩呢。我说，山上有茶地、竹林、李子树、杉树，你栽种这么多，不容易。"茶地两年没垦了，草多，茶树有一人多高了，茶也采不了。你要采的话，你可以来采。"他说。事实上，我们并不认识。或许他知道我是谁，因为我是唯一在此客居的外地人。就这样，我拥有了这片茶地。我差不多每天散步时都会到坡上看看茶地。看一眼，心里有一种莫名的欣喜。

这里的山道特别多，在山坳与山坳之间，在林子与林子之间，山道相互串联。有的仅容一人侧身走，有的可通车辆；有的铺设石头台阶，有的刚刚被锄头挖出来（村民为了砍一片野生苦竹林）。

浦溪河边的山道或草间小径，我在半个月内几乎走遍了，一个人在夕阳西下时，漫无目的地走，走到天全黑了才返回。鞋子上全是草屑和灰尘，裤脚上粘着草籽和野刺。有几次还遇见蛇，乌黑的一条，忽地从脚踝边游过，把我惊吓出一身冷汗。在我所见过的动物中，我最怕蛇和狗，这或许是因为，我无从见识更加凶狠的动物，如野猪、狼、云豹、黑熊。

茶地有七八亩，茶树枝头满是花苞，白白的，圆圆的，把香气裹成一团，在某个夜间，砰地炸开，完全开放，撑起金黄的花蕊。蜜蜂嗡嗡嗡，蜇在花蕊上，翘起尾巴，扇动翅膀，吸一会儿，飞走，又在另一朵花上吸一会儿，再飞走。茶地右边，有一条山道，一直伸向深山，我一次也没走过，虽然离我宿舍那么近。山道是泥土路，上面有两道深深的车辙。车痕凹纹宽而深，车痕之间，长着酢浆草、牛筋草等杂草。路两边是密密麻麻的细苦竹和灌木。拐过一个弯，是一个岔路，左边山道去往一个山坳，坳下有一片收割后的稻田，坳口曾经茂密的板栗林，如今空留光秃秃的枝丫和满地黄黄的落叶。过了山坳会是什么呢？不得而知。右边的山道，往更深的山坳转，只看见满山坳的树枝，坳下是空空的山谷。我往右边走。苦竹往路中间挤压，人像在窝棚里走。

　　溪涧在山谷里，淙淙有声，声音从灌木和芭茅混杂的密林里传出来，清脆、悦耳，有滋人的沐浴感，但看不见溪涧。树叶在唰唰唰地响，像被一只手在飞速地翻阅着什么。"啊……"，我放开嗓子叫了几声，声音很快消失得无影无息。山谷空出了巨大的空间，由空寂填满。苦竹林里，大山雀三五只，叽叽喳喳，跳来跳去。两只斑鸠站在冬青树上，像一对小沙弥。

黄鹂浮在芭茅秆上，啾啾啾啾，音译过来好像是：去去——就来，去去——就来。鸟声使山谷的空寂有了重量感：沉沉下坠，向低处滑下去。几棵高大的枫树在山腰，红红的叶子在摇动，似乎空气都是红彤彤的。阳光斜斜落下来，有一层厚厚的光泽。转过山坳，山油茶从灌木林中蹿出来，白白的花夹在绿绿的枝条里，像一撮没有融化的雪。隐隐传来木杵撞击黄钟的声音，咚——咚——咚——，浑厚、绵长，不绝于耳。咚——咚——咚——，我的心肺也随之震动。浦溪河上，一群白鹭飞向中天。

有多少年没听过这样的钟声了呢？不记得了。也许，从未听过。这是一个远离人烟的山野，在这个即将到来的薄暮时分，说不定我是唯一造访的人。山道顺着山势，绕山梁往山坳转。在一棵枫树下，我坐了下来。我怕我的脚步声惊扰了钟声。一丛丛的灌木在山谷里沉静，蟋蟀在脚边嘻嘻地叫。我用干树枝拨了拨草丛，想把蟋蟀找出来。一棵草一棵草地拨，却找不到。蟋蟀怎么这么早叫呢？咚——咚——咚——，我站在山梁的一块岩石上，眺望钟声传来的地方，但除了遍野的树木，什么也没有看见。

在从未来过的山野，没有听到高山流水的琴声，但能听到钟声，也是有福的。咚——咚——咚——，一只有力的手，粗壮；一张慈祥的脸，圆润。咚——咚——咚——，把所有的声音都盖住了，使静寂有了金属感，可触摸。我懊悔，来山中客居这么长时间，都没来这条山道走走。也暗自庆幸，终于来了，就像和一个心仪的人相遇，只要相遇了，就永远不会觉得晚。山梁上，有许多树，有的枯萎，有的葱茏。

漆树似乎有流不尽的血浆，在深秋时，全部贡献了出来。这种脆脆的落叶乔木，在儿时玩耍的墙埂上，和泡桐在一起，旺旺地生长。我对漆树过敏，讨厌死了它。虽常见，但我不知它是落叶的，以为和野山茶一样，四季绿油油的。它开颗粒状的米黄色花，结紫黑浆果。灰雀趴在枝上，翘起灰色尾羽，吃得忘乎所以。浆果从一根黄蕊上抽出来，饱满，看起来和一只花斑昆虫差不多大。我肯定看过它落叶，或者说，看过它流血浆的情景，但提取不了记忆的汁液。现在，我数了三次，数出来了，在前面山坳的一块坡地上，有七棵漆树。想象中的它们让人血脉偾张的紫红色，和绵绵消散的钟声，在这个寂寞的山野里融在一起，使这个秋天有一种醇厚、拙朴、延绵的质地。漆树吸收了春天的雨水，吸收了夏天的阳光，积聚了全身的血浆，在晚秋，它喷发了，血浆落下，它腐烂，成了秋天的骨灰。我坐在岩石上，写下《大钟高悬》：

所有人必须低下头，大钟高悬

万物匍匐下身子，紧贴地面

若有悲伤，那么我们一起来唱：

"离离原上草，一岁一枯荣"

大钟高悬，树枝摆动

巨大的阴影犹如铺天的乌云

灌满肺部。目睹的寂静是滔滔

泥浆扑打而来，一层盖一层

在高处，始终保持缄默

大钟高悬在无人知晓之处

隐隐钟声传来

我的到来和离去，无人知晓

应该是这样的。钟声响了三遍，漆树叶落了三次，乌鹊绕树三匝，我撕了三页纸，山谷却始终静默如初。晚风游进胸膛，脸盖了一层冰凉的阳光（阳光从稀疏的树叶里漏下来，是那么的远古和苍老），我折回身，沿山谷下浦溪河。似乎整个山谷里，都有钟声在荡漾（假如这个山野化为一个巨大的湖，钟声就是湖水）。我想象着那个敲钟人，会是什么模样——在一个苍山如海的幽闭之处，有一处庙宇，在日暮时分，敲钟人爬上木楼，咚——咚——咚——，他可能是一个年近半百的人，穿灰白色的白衲衣，他的神色和铜钟一样，有厚重的金属气质，木讷、静穆。他敲钟有多少年了呢？钟声带给了他什么呢？在无人的山野，我是第一次听见钟声。钟声被风送来，又被风送走。摇动的树枝依然在摇动。

夕阳最终落下山梁。像一枚果核，被天空吞没。我泡了一杯秋茶，涩涩的，苦苦的，粗粝的。秋茶是自己雇人采摘的。茶叶在簸箩上晒了两天太阳，在火灶锅里烘焙，手炒，晾晒三天，装进茶叶罐里，自己喝。每次喝茶时，手上仿佛都留有茶叶烘焙后的温热与馨香。我是个不怎么喝茶的人，但这个茶，我喝。

早上起床第一件事——泡茶。喝到五脏俱热，身体有通透感，我才开始吃早餐。

一片无人照料的茶地，我每天去看它。它几乎成了我散步时最重要的一段路程。我只是看看，它何时抽芽，何时开花，何时鸟雀翻飞。作为客居者，这是我十分珍爱的。在一个将晚时分，我出于对陌生领地的好奇，弯过了茶地，进入一个弯弯的山道，意外地听到了模糊又清晰的钟声。我不知道这意味着什么，或者什么也不意味，只是偶遇而已。深秋的苍凉是一种境界，只有少数人可以深知其味。这少数人不包括我。但在钟声传入耳际的瞬间，这种境界似乎与我贴得那么近，几乎是从我心肺里发出的，使我不由自主地举目四望，而看到的只是山谷更空，苍山更远。

第 三 辑：心窗烛影

远　方

　　年轻的时候，需要去远方。这是我的想法。去了远方，我们才会知道远方到底有多远；去了远方，我们才会知道远方有没有尽头；去了远方，我们才会知道世界到底有多辽阔和壮美。我们的一生，其实就是一个求证的过程。我们只有去了远方，才能知道什么是远方。

　　在我年轻时，我没有机会去远方，也无人教导我探寻远方。十五岁之前，我的活动半径只有四公里。十八岁之前，我的活动半径只有六十公里。我第一次坐火车是去南昌，全程不足三百公里。第一次出省，是一九九三年五月，坐一天一夜的绿皮火车去深圳。没钱，舍不得吃，饿了一天一夜，一路上，吃了两个自己煮的茶叶蛋。我第一次坐飞机，是一九九七年七月，从珠海飞往南昌，我当时已二十七岁，参加工作八年。我去过最远的地方，是新疆的喀纳斯，从南昌飞乌鲁木齐四个小时，再坐一天的大巴到布尔津住一夜，又坐半天大巴到达喀纳斯。

第一次知道远方这个词，不是从书本上，而是从一个算命先生那儿。我七岁的时候，算命的老先生来村里算命，我母亲用两升米，给自己算了一张。我在边上玩。算完了，我母亲说，老先生能不能给我儿子算一张，顺带算算？我母亲报了我的生辰八字，老先生说，我的出生年份和出生时辰都属狗，双狗吞月，长大了要去远方生活，走得越远越好，即使是讨饭，也要到很远的地方去讨，留在出生地，我会一生孤苦，衣食无着。我自己从不算命，也无任何宗教信仰——我把爱和美，作为自己的信仰。但我对这次"顺带"算的命，印象深刻——远方，到底在哪儿？我怎样才能找到自己的远方？远方是天之涯，是海之角吗？是山之巅，是川之邈吗？

我不知道远方在哪儿，也无人给我讲解什么是远方。我的父亲是一个农民，只知道种地砍柴。他的远方，不超过三里地——把田里的稻子收割回家。他常对我说的话是："你读不来书，去学做篾，多好呀，坐在厅堂里，剥篾打箩筐，一天到晚坐着干活，不用晒太阳，不用肩挑背驮。做篾不愿学，可以学裁缝，做裁缝多好呀，上工一天五毛钱，还有一碗面条和点心吃。"

第一次离开小镇，是去县城读书，挑一个木箱，走八里路坐车，坐半天的车，到了灰尘飞扬的县城。那时我十六岁。我在书里，看到了埋在我心里的远方。但远方并不怎么美好："劝君更尽一杯酒，西出阳关无故人。"（王维《送元二使安西》）远方那么远，远得只剩下风沙。"正是江南好风景，落花时节又逢君。"（杜甫《江南逢李龟年》）一个知音，到老了才在远方再次相逢，怎能不悲摧呢？"打开夜晚这本书，翻到／月亮，总是月亮，浮现在／／两朵云之间的一页，它缓缓地移动，时间／好像已经过去了，在你翻开下一页之前……"（马克·斯特兰德《月亮》）时间把人推向不可触及的远方，孤独是最远的远方。

但远方总是诱人的。远方是我们最想去偷的禁果。我们追寻着地平线，开始翻山越岭，沿着日落的方向，过河蹚水。我们以为，远方有壮丽的云海日出，有茂密多雨的丛林，有皑皑白雪，有冰河里的游鱼，有神秘的石窟，有望不见边际的蓝色海洋。我们所能想象出来的美好，在远方都会有。

我开始走向远方，只要有时间。我要去海的尽头，坐着帆船，把太阳悬在我的桅杆上，让海鸥落在我的双肩，看鲸鱼扑起巨浪；我要去穿越沙漠，骑着骆驼，海市蜃楼会在我疲惫的时候，再一次出现；我要去雪山之巅，坐在帐篷里，看月色和雪光交相辉映；我要去迷宫一样的森林，在树上睡觉……在远方，我会有奇遇，听着腰鼓，看着篝火边的舞蹈，我不想究竟什么是生活。我去了遥远的边陲，去了高山的村寨，去了戈壁滩的墓群，去了椰树摇曳的海岛……

离开生活的原点，去追寻太阳落下去的地方。

离开自己的轨道，去触摸地平线。

离开时间的桎梏，去守望一朵花开。

有一天，当我们老了，走不动了，远方就不存在了。远方是一个迤逦的梦，牵引着我们，去五湖四海，去浪迹，去叩问，去体会。人在年轻的时候，内心为自己的未来燃烧的时候，对世界充满无数好奇的时候，应多去远方。远方比我们想象的更远，比我们去过的任何一个地方都远，但所有的远，都比我们的脚步近。

在远方，我们会看到不一样的人群和人生，看到不一样的风情和人情。远方是雪水，可以洗濯我们的眼睛，不让眼睛蒙上污浊的灰尘。远方是一味药，可以医治我们受伤的心灵。只有远方，比远方更遥远。远方使我们眼界开阔，使我们心胸豁达，远方会给人足够的尊严。远方是人生最好的课堂。

世界并不遥远，在我们身边，在我们眼睛里。

北方有佳人，南方有嘉木。远方有不同的景致。

没有真正意义上的远方，但远方真实地存在着。

廊桥黄昏

　　拉锯声从隔壁的一个木材场传来，咕——咕——咕——，咚，木材断裂。我一个人正在一个小餐馆里吃饭。一会儿，手扶拖拉机嘣嗵嘣嗵碾过沙子，拉着一车木材从场院里出来，像一只蚱蜢。我放下碗，去木材场。

　　场里堆了一摞一摞的木头和竹子。木头全刨了皮，裸着光溜溜的赤黄色。院墙是用旧砖块和黄泥砌起来的，黄泥上长了许多苔藓和蕨类地衣，望之幽蓝幽绿。几个工人坐在简陋的工棚车间里抽烟。将沉的斜阳炽热地焚烧，大鄣山的余脉缓慢地奔跑。新鲜的木香在空气里扩散，有太阳的烘烤味和深山泥土的惺忪气息。这是南方初秋的傍晚，乡民还没归家。斜阳把山脊的投影拉长、放大，水一样漫过来，最后将盖过整个田野和小镇，也将盖过一个漫游者的沉睡。我站在场院里，斜阳刚刚挂在屋顶的翘角，屋顶有了一层闪闪的麻灰色，弥散的光晕给这个小镇笼罩了薄薄的晚霞，让小镇有了几分恬淡。地上翻晒着很多木屑，通过细细的颗粒，木屑把自己珍藏多年的体香贡献了出来。

隔壁巷道里，有一个酒厂，陈旧的厂房有些晦暗。酒糟味扑降下来。那是老酒厂，出产当地酒。铁门半开着，片状的铁锈显得过于沉默。我上午去过。一个老旧的院子，蒸汽在蒸房里翻滚。更远一些，是一条从密林里流淌出来的河流。河流走势呈半椭圆状，绕过小镇。密林沿河岸生长，有洋槐、香樟、柳树，还有一些灌木和芦苇。芦苇叶油绿，压在低低的风里，哗哗哗，和寂寞的水流声交织。芦苇在深秋会开一支穗状的花，白白的，坚韧而孤独，独自摆着眉梢，给人暗喻——衰老是不可避免的。在还没抽穗之前，我看到了光滑柔和的叶片上，残留着还没消失的阳光和我自己部分的身影。鸟从对岸会集而来，是一些山雀和莺，叽叽喳喳。

在木材场转了一圈后，我准备搭最后一趟班车返城。这时，我听到了二胡声。我怔怔地站在场院门口，分辨二胡声来自哪里。二胡声是游过来的，慢慢游。

我辨不出那是什么调，轻快、明亮、悠扬。我循声而去，到了彩虹桥。拉二胡的人坐在桥下的石埠上，穿一件灰白色的短袖，低着头。我看不清他的面容，也判别不了他的年龄。夜色完全降了下来，水面涌上滑溜溜的清爽。

埠头从一块菜地边一直伸到河里。河石的台阶和青石板的洗衣埠，掩藏在一棵树下。小镇稀稀拉拉地亮起了白炽灯，灯光从窗户，从半掩的木门里漏出来，斜斜的，轻轻的，以至于让人觉得这个夜晚没有重量。菜蔬和熟稻露出淡淡的疏影，邻近的山峦有模糊浓黑的弧线。埠头下，有一条石头堆起来的水坝，矮矮的，水可以漫上去，有了白色的水花和叮叮咚咚的水声。水坝下，是一块小小的河滩，疏淡的柳树和几丛枯瘦的芦苇，在水花的映照下，有别样的忧伤感。假如河滩站一个人，衣衫单薄，秋风吹奏，月色朦胧，会是怎样的场景呢？屋舍有稀稀寥寥的人声，有小孩在啼哭，有辣椒呛起来的喷嚏声，有划拳声。不时有鸟掠过，吱吱，吱吱，孤单柔和的嗓音，并不急促，仿佛适应了常年形单影只的生活。在闽北、赣东北、皖南，有一种黑头鹊，就是这样叫的。黑头鹊黑头白羽，尾长，喜欢在屋檐、菜地、河边啄食昆虫和蚯蚓，从不成群结队，巢筑在灌木枝丫间，是一种投宿很晚的鸟。

廊桥上，只有我一个人。我坐在廊里的长木凳上，斜靠着。水生昆虫嗡嗡作响，在四周飞舞。偶尔有路过的人，提着篮子或端一把锄头，穿走路会响的凉鞋。弄堂里，有自行车铃铛叮叮叮响起。有人在石埠上洗脸洗手，用手掬水，吸一口，咕噜噜，潜出来，散散的线状，落在水面。拉二胡的人始终坐在石埠上，略躬起身子。他已经拉了好几个曲调了，但似乎没有要走的意思。我也没有要离开的意思。廊桥是木质的，宽阔的桥顶落下厚重的黑影。河水从不远的弯口转来，沉静了下来。它再也不想走了。它要安歇一下一直在路途上的身子，安歇一下最终会无影无踪的身子。现在，它是一条偃卧的蟒蛇，在夜晚清晰的天光里，吐出长长的信子，油滑的鳞片发出荧荧的蓝光。廊桥把整个投影沉入了水里，在水的荡漾里，露出了远古的前生。

月亮出来了，杜若花的颜色，野蔷薇的形状。

我不知道，拉二胡的人为什么会出现在这个夜晚，为什么会出现在河边。现在，他拉起了《二泉映月》。

我站了起来。月光重重落下来。我似乎看见了深冬的南方小镇，下起了淅淅沥沥的冻雨，在幽暗逼仄的巷道里，脚步声有长长的回声。屋檐挂着冰凌，冰凌滴着水滴，水滴在下落的过程中，变大变圆，下降的速度越来越快，啪，碎在地面上。蒲公英一样的雪花来了，旋转着，飘下来。从街角转来一个拉二胡的人，破旧的短袄积满了碎碎的雪花，他一边走，一边拉着二胡，雪花在他的两根弦上融化，雪水滴满他的衣襟……我想起无名氏作的一首《二泉映月》词：

……

人生多苦重，莫若死之轻。

心痛如湖水，痛也似斯平。

人眼皆上翻，哪见蚯之弓。

为此作六曲，曲曲心中鸣。

闻之路人哭，听之鸟无声。

一曲道路难，难于上天青。

二曲言情苦，苦似莲心蓬。

三曲问世人，迷惘如蚁哄？

四曲愈心冷，暖风吹不融。

五曲忆离苦，月下乡无影。

六曲无所事，随处随起声。

……

当然，伤感是难免的，但我并不独自悲伤。我倒头欲在长凳上小睡一会儿。我合上眼，听到了月光落在水里，落在瓦楞上，落在草叶上，落在石埠上，落在路人头发上，叮叮当当的银铃脆响。星江静默的流淌声渐渐悠远而去。拉二胡的人何时离去，我无从知晓。

"清溪萦绕，华照增辉"，这是一个多么动人的夜晚。我去过很多次清华镇。第一次是在一九九五年暑期。古朴的街道，有肉铺，有谷酒铺，有竹器铺。在街口圆角的拐弯处，有布匹店，旧式青砖的门，石灰把纯白色褪去，浅黄浅黑的岁月酱色渗出来，店堂里有两根木圆柱，明瓦透出稀薄的光。小镇安静，黄狗在巷道里摇着尾巴，走来走去。屋舍墙根底下，有浅浅的排水槽，青苔暗长上来。雨季的雨水从屋檐冲泻下来，哗哗哗，路面一下子涨满了油亮亮的天水。门槛是青石条，砌在两个青石墩之间，厚重的大木门上有两个铁环，风拍打的时候，呛呛呛，清脆邈远地响彻整条巷子，像是外出的人，经年不归，突然而至，叩击门环，吧，吧，吧，夹带着沿途的灰尘和心跳，似乎只有这扇门被叩响，他才得以安歇。若是大雪之夜，他身上的大氅上还有积雪，夜归的人也许会独自恸哭一晚。远远亮起来的暗黄色的灯，从窄小的窗户透出来，映照着留有多年前体温的弄堂，那个窗户，就是不曾忘记的眼睛，默默地注视，默默地等待，默默地祈愿，夜归的人一下子鼻子发酸，脚步缓下来，手抚摸门，再抚摸，一次又一次，摁住门环，把脸贴在门上。他的脸上涌起河流的波浪，山峦开阔，野花昨夜已凋零。

清华镇是唐开元年间建婺源县时的县府所在地，隶属歙州，被残月形的星江所包围。镇南，有狭长的山坳地带，肥沃的田畴以梯形和扇形的方式分布。彩虹桥跨江而起，取意于《秋登宣城谢朓北楼》："江城如画里，山晓望晴空。两水夹明镜，双桥落彩虹。人烟寒橘柚，秋色老梧桐。谁念北楼上，临风怀谢公。"彩虹桥始建于南宋，桥长一百四十米，宽六米五，是古徽州最古老、最长的廊桥，有条石垒成的四个巨大桥墩，桥墩上建亭，桥墩与桥墩间以廊相连，形成六亭五廊的格局。一九九六年初秋，我从思口、秋口到清华、郭公山，孤身旅行了四天。在成婚之前，我常常毫无准备地外出，去各个乡野游玩。去德兴，去铅山，去婺源。有时一天，有时一个星期，有时三个月。包里带一本软皮抄、一本书，在乡野的小旅馆或乡民家里留宿。

我对寞然的乡野，怀有一种敬畏，走进一片原野，能听到万物在生长，也能触碰到万物在死亡。人世间，大的境界在乡野里：茫茫的雪，从山梁拉扯过来的滂沱雨势，深秋大地上耸起来的芽霄，黑夜中山道上独行人的手提松油灯，墙缝里一枝抽叶的菖蒲……牛背上的牧童，厅堂里突然响起来的唢呐声……在清华镇，在黄昏与夜晚合拢之时，我与一个拉二胡的人不期而遇，虽然未曾谋面。在弓与弦之间，雏菊绽放了，夜莺沉默了，星江缓缓流过他的指尖，时而奔腾时而凝滞，如泣如诉，如歌如吟，时而嘈嘈时而切切，和田野里的虫鸣互为应和，夹杂在水流里，湍湍，潺潺。对岸的水磨房，水车在兀自转动，咿咿呀呀，一年又一年的歌声在传唱，一年又一年的秋风在刮过。

日暮乡关

　　赣南的崇山峻岭，如同板结的皱褶。中巴在群山的掌纹线上摇摇晃晃。接连几日，我们都是这样，早上出发，在某个景点停留片刻，又上车，直至夜幕屏蔽了视野，才回到住宿地。住宿地是每日更换的，瑞金、兴国、赣县、石城……是的，世界对于一部分人而言，是一个迁徙的帐篷。而我可能属于另一种人，我习惯在陌生之地生活几年，然后又去另一个陌生之地：世界的大门，一扇一扇地打开，给我足够的时间把陌生之地慢慢变成我眷恋的异乡。我无法在短时间之内，投怀送抱给一个未曾相识的地方。这是我第二次来赣南，在武夷山脉的北坡，是赣东北故土，有着同样延绵的大地隆起的肌肉。茅草和油松、毛竹、野山茶，在山梁上，形成南方凝滞的墨绿色气流，从手间漫溢上额头，过于亲昵的抚慰，使人昏昏欲睡。事实也是如此，我一直在座位上打瞌睡，对任何一处的景色都缺乏趣味——足够的动心，于我是一件多么困难的事。

在石城吃过午饭，车子往一个山坳夹沟扎进去。山上少灌木，多杂草，山间七月，却有了初秋的淡淡衰黄。沿路屋舍前的板栗树和李子林，在水沟两边，慌乱地长。向导说，下午安排在琴江镇，有通天寨和大畲村值得看看。我的想法是，在车上好好睡一下午，或者在车上把《百喻经》看完。车子刚开出城，一个女同志就惊叫起来："好多荷花，全开了。"我还是闭上眼睛，想象了一下荷花盛开的样子：许仙和白娘子在桥上相遇，桥下的池塘被荷花点燃。我又默诵了唐代王维《山居秋暝》："空山新雨后，天气晚来秋。明月松间照，清泉石上流。竹喧归浣女，莲动下渔舟。随意春芳歇，王孙自可留。"车子很快停了下来，向导说："通天寨到了，快拍照，带上水爬山。"

从石城县城到通天寨，路程短得有些让我难以接受——我一向以为，美好的事物不会轻易到来。尽管坐了一天的车，最终到达的地方让人沮丧，我还是愿意多跑一些路程的。我喜欢在车上摇晃颠簸的感觉

——在路上，是一种对未知世界的求证方式。我坐在一个大石墩上，给几个友人打电话。山下是竹林茂密的峡谷，风涌波滚。雷平阳、蒋蓝诸友爬山去了。我突然有了孤独感，一个中年人有孤独感，是一件非常滑稽的事情，更何况我是一个习惯独居的人。前四日，我调离安徽，直奔南昌，今又辗转到赣南，过几日，我又要去福建上班，滚滚红尘夹裹着赤足奔袭，此时平添无措和茫然。我是一个追寻什么的人呢？是什么让我年复一年，日复一日，不断地放弃内心深处的东西，越来越热衷于自己成为另一个陌生人呢？

从通天寨下来，已是下午四点。太阳斜斜地照。车子在琴江镇大畲村停下来。我戴着一副太阳镜，一下子把自己装扮成一个匆匆而过的游客，以示与本地人的区别。村子在一个山间盆地里，村外是一片亭亭的荷花。村后有一间黄家大屋，别名南庐屋。我对古屋缺乏常识，因在安徽生活多年，只知道徽派古建筑。琴江镇以江取名。在我见识过的河流中，有两条河的名字被赋予了摄人心魄的诗意——婺源的星江和石城的琴江。琴江，想必是江若琴弦，日夜淙淙吟唱，撩人心扉。我问了几个石城人，琴江何以得名，均不知。

村子不大，和南方的乡村一样，一色的小楼房排在街道两边，"丁"字形的街口，有杂七杂八的店铺，杂货店、童装店、饮食店，老妪在铺摊上卖一些土特产或手工制品。

我去了南庐屋。南庐屋在依村而环的山脚下，青砖的古旧围墙，屋前有五棵古老的柏树，亭亭如盖。一个水塘有一群鹅和鸭在浮游。屋是客家围屋，分弄堂和各等大小天井、几厢房，弄堂高耸的墙角在阴暗窄小的夹墙里，显得突兀和寂寞。我对这种样式的古建筑不陌生，我三姑夫家和村里的全姓祠堂，和这个大体相同。梁柱门窗有精美细腻的木雕，主厅堂宽阔大气，有千里驰骋的气势，可以搭建戏台或游花灯。死灰色的青苔攀附在柱石上，门框上挂着辣椒，麻石砌的水井有一股幽凉之气，废弃的石磨上叠着笸箩，墙壁上挂着锄头或粪箕。屋里透出来的光线被墨水过滤了一般，油亮而乌黑，给人时光脱落或停滞的感觉。一盏小灯在屋里晃。

我走了进去，见四个阿婆和一个阿公围拢在圆桌边喝茶。桌上摆了小方块甜饼、软糕、炒花生、炒葵花籽。阿公热情地招呼我喝茶。屋子里，有一种静谧，从墙壁，从呼吸，从摇晃的小灯，从茶壶……从挂钟里漫上来。茶是山茶，粗糙的叶子舒展开，麻黑而大片，味道有粗粝的苦，入喉却甘甜，沁人心脾，一股暖流在血液里环流。整个围屋住了十余户人家，留下的只是几个老人和淌鼻涕的孩子。其他人都外出打工了。阿公问：你从哪儿来的？我说我上饶来的。他"哦"了一下，摇头。喝茶的老人中，最年轻的，也有七十二岁，最老的，已九十有余。阿公说，他们每天要在一起喝茶，已经喝了五十几年了。圆桌的上方吊着一个竹篮，竹篮漆了桐油，画了几朵大红花。大红花的色泽已完全褪去，竹丝油亮。我掀开篮子，见是一篮的瓜子、花生和几块甜饼。

墙上贴着毛主席的画像，墙上的石灰有的剥落，有的泛黑。在木板楼的横梁上，挂着地里翻挖出来的吃货。窗下，是一个长方形的小天井，花钵里栽着兰花、菊花、月季，破旧的脸盆里栽的是橘树，破裂的土瓮里一丛芭蕉开出妍妍的黄花。油蜡般的黄，和木楼上的厢房相互映衬，让我一直怀疑，这个围屋里，有一代又一代相袭的美人，和这丛芭蕉一样，开得不动声色，开得夺目，在一个不经意的午后，让一个路过的陌生人忘记回家的路途。廊檐下，一副木制的脸盆架让人莫名地伤感。木架上的彩色雕花还在，油漆的粉彩还在，镶嵌在中间的镜子破裂了一半，撑脚断了一截。曾在清晨梳洗的人，已然老去，曾在镜前额手相笑的人或已远走他乡。它成了时间的遗物，成了生活事件的遗忘证词。

南庐屋由清代乾隆癸卯年（1783）北关义士黄声远出资建造，全屋共建有房屋近百间。中间为四栋出水的大厅堂，分上中下三厅，中下二厅便可放四十张八仙桌。如今，屋宇破败，但仍然有凛然的气质。

出了大院，弯过一畦菜地，豁然开朗。太阳西斜。环形的山峦如一个圆筒状的铁皮箱，十里荷花映照了过来。同时映照过来的，还有一群女子，在荷花池边洗濯、观花、照相。婚车一辆一辆地停在路边，拍婚纱照。我第一次看见这么壮观的荷花。荷花架起灯笼苞，红灿灿的，有的完全撑开，花瓣不时飘落在水面上。向导说，清晨露水满株时，荷花开放得更好，肆无忌惮。杨万里在《晓出净慈寺送林子方》中咏荷："毕竟西湖六月中，风光不与四时同。接天莲叶无穷碧，映日荷花别样红。"周敦颐在《爱莲说》中咏荷：

"予独爱莲之出淤泥而不染，濯清涟而不妖，中通外直，不蔓不枝，香远益清，亭亭净植，可远观而不可亵玩焉！"周敦颐文中的莲即荷，亦称芙蕖、水芙蓉，未开的花蕾称菡萏，已开的花朵称鞭蕖，地下茎称藕。

石城是中国白莲之乡，种莲已有上千年的历史，唐宋始，莲就是朝廷指定的朝贡品。我对植物作为象征体或喻体，一直抱有警惕和怀疑的态度。我对荷花也是如此。霜降之后，荷叶凋敝，一片枯萎，满眼都是生死的伤感。藕和荸荠一样，都是淤泥里葱茏生长的植物。荸荠一块皮或一截抖落在淤泥里，都会在来年春长出发达的根系，地下茎块饱满甘甜。藕也差不多，没掏出来的藕节埋在地里，也会长出撑开的小伞一般的荷叶。它们都属于地地道道的"贱种"。青蛙在荷叶上跳来跳去，露珠圆滚滚，暴雨来时，雨点噼噼啪啪打在荷叶上，有自然界从大地深处发出来的韵律。

之前，我并没有看见过连片的荷花，只是在池塘里或农田里，见过不多的一些。琴江镇大畬村如此蔚然壮观的荷花，我还是第一次见识。在山间盆地，整个村舍像一朵荷花盛开。天色暗了下来，夕阳像一个飞速转动的光轮，一直向山梁飞去。暮色垂降，荷叶上有莹莹的萤火虫在闪动。我竟然流连起来。每一个人的心中或许都有一个这样的地方，既不是故乡，也不是异乡，既不是桃花源，也不是膜拜的圣地，它有漫散的人间气息，能把自己安放于其中，随意地生活，不徐不疾，无须牵挂，也无须心怀抱负。大畲就是这样的地方。几个老妪和家翁，喝了几十年的茶，种了一辈子的莲，所有的人间疾苦都从她们脸上散去，呈给我们的，是时间的花纹，是只有风吹过的痕迹。

在琴江边，荷花正开，暮色有绸缎般的质感。在这里，十里相送多好，在这里，十里执手多好。明天我将坐上北去的火车，去往遥远的他乡。

昨天傍晚，我收到安徽老同事的短信："好多花开了。红、白、黄。让我想起种花的人。坡上落满了枫叶，美极了。初春栽下的茶花，你走了，无人浇水，死了一大半。愿你安好。"我起身眺了一眼窗外，芭茅花在摇曳、泛黄。哦，初秋已到了，不觉间，我已在福建生活了两个月。大畲村的荷花或许凋谢得差不多了。我没有那么美好的人生，喝茶，种荷，泛舟，采莲，听王昌龄的《采莲曲》：

吴姬越艳楚王妃，争弄莲舟水湿衣。

来时浦口花迎入，采罢江头月送归。

荷叶罗裙一色裁，芙蓉向脸两边开。

乱入池中看不见，闻歌始觉有人来。

甚至我不知道，他乡在哪儿，故乡又在哪儿。

格　调

　　"这个地方美不美？"朋友从手机相册里，翻出十几张照片给我看，并叮嘱我："你下午可以去看看。"我说，我知道，这里是去葛源镇的路边，和弋阳的烈桥交界。我又说，那是一个瞧一眼就忘不了的地方。

　　一个地方和一个人，有很多相似之处。有些人，偶遇一次，便会成知己，坦诚相待；有些人，越交往越陌生，以至于完全疏离；更多的人，交往仅仅是一种熟悉，没办法入心。到了中年之后，便知道，人的活法，其实是一种减法，减去不必要的人，减去不必要的路，减去不必要的风景。"删繁就简三秋树，领异标新二月花"可能包含这个道理。事实上，我对照片中的村子，并没有深入踏足，只是几次路过，从车窗匆匆一瞥，但我便深深记住了它。

　　村子叫曾家村，是一个自然村。虽是初秋，阳光还是炽热，热浪在路面上一圈圈蒸腾。印象中，曾家村在葛溪河边，有弧形的河湾、茂密的野生树，静默在一个山脚的一个转弯处。上了葛源公路，路两边多了竹篱笆，斜边方格形，篱笆里，菊花开得甚是妖娆。四个月没进横峰的村子，便觉得村子多了许多陌生。一些村子，正在变化，依势就简，铺了石头路，扎了篱笆，修了花圃，清了河道，筑了池塘，看起来很是清爽。曾家村也是如此。

"茂绿林中三五家，短墙半露小桃花。"先贤谢枋得写的《觅茶》，许是合了此番情境。小桃花虽然早已凋敝，零落成泥，可略斜的秋阳不负盛景，浮在葛溪上，如一朵绽放的向日葵。两条溪流在村前的洋槐下汇流。右边的溪流，来自阡陌交错的葛源，平平坦坦，被沿岸的古樟树所遮蔽。左边的溪流，从一条狭窄的山垄里悠然而出，默然。山垄里，是油绿的禾苗，山梁像牛的脊背，拱起。

这是一个小村，有五六户人家。葛溪边，毛竹葱茏。横峰山高多竹，但村子里种竹子，并不多见。南方多竹，种类也多，有翠竹、白脯鸡竹、黄秆金竹、大琴丝竹、厚壁毛竹、紫竹、黄金间碧竹、金镶玉竹、桂竹、楠竹、湘妃竹、江南竹等。在我去过的村子里，仅莲荷的梧桐畈有成片的桂竹林。曾家村的竹林，是翠竹林。翠竹，四时长茂，不畏暑寒，系浅根植物，喜高爽、疏松的酸性山土或沙质土。农家喜翠竹，不仅仅是因为翠竹四季俊美，英姿飒爽，更是因为翠竹柔韧性好、不易被虫蛀，而适合编织生活器具。如篾席、篮子、箩筐、鱼篓、扁篓、笪箩、椅子等。我是竹器控，喜欢手工竹编器物。四月中旬，我去葛源，在五里铺，看见篾匠在编鱼篓，全青篾丝，滚圆的篓肚子，我满心喜欢。广州来的朋友，看见我买的鱼篓，追问是哪里买的，她也想买。我说，只有一个，送你吧，也算是一方山水的纪念。

翠竹林，最适合鸟筑巢。我在林下，抬头瞧瞧，看见了好多鸟巢。果鸽、山雀、乌鸫、莺、相思鸟、灰雀，都十分喜爱把巢筑在竹丫上。竹林蛛网多，飞虫多，益于育雏，竹叶茂密，主干高拔，可使鸟儿免于鹰蛇等天敌的袭击。幽深的竹林，静默如大海。可风雨来临，又如琴弦嘈嘈切切。风在竹梢间，留下了痕迹。竹林开始汹涌，沙沙沙，山瀑飞溅一般。雨来了，噼噼啪啪，落在竹叶上，溅落的水珠被风摇了一地。睡在屋里的人，听到竹林的声音，便知道雨势有多大。即使无风也无雨，在清晨，在黄昏，竹林也是喧闹的。早飞的鸟，晚归的鸟，在林间嬉闹，叽叽喳喳，抖落着羽毛，好像每一天都是好日子，每一天都是好心情。相较之下，人活得似乎无比愚蠢，哪有那么多坏心情呢？即使没有鸟（鸟入睡了，像消失了），竹林也是喧哗的，只是我们听不见。月光来了，水雾一样蒙下来，竹叶透亮，竹梢间有迷蒙的影子。月光有了情侣之间的呢喃，也有了溪水低低的鸣唱。我们听不见——在尘世久了，会失聪。

仅仅一片翠竹林，便给人以美好遐想。

村里并没什么人。几个做工的人，在锯木板，在翻修老房子。这是一栋石头房，可能是无人居住的缘故，紧锁的木门给人一种远古的感觉。砌墙的石头是河石，拳头大小，滚圆，砌成一条条墙线，以至于一面墙看起来，和一块褐色麻布差不多。但远远看去，石头房和一架风车十分相似。风车是古老又拙朴的木质器具，摆放在院子里，和一头黄牛相仿。在村里，站得久了，看着树梢剪落的晕黄阳光，我便感觉一栋老房子，似乎是整个南方生活气象的浓缩。在横峰，我在几个小村里，都看到了这样的生活气象，比如新篁的茶园，比如梧桐畈的荷花，比如司铺的菜地。比如曾家村院子前的枣树、柚子树——当我们驻足在篱笆边，或一栋废墟般的老屋里，或河边的一棵树下，我们看见了什么？于我而言，看到的不仅仅是景象，而是一种气息幻化而来的南方生活。

孟浩然是个有生活情趣的人，粗衣麻布，有朋友摆好了酒菜，请他吃了一餐，吃完还想吃，他就说"待到重阳日，还来就菊花"。多可爱的老头。设若他看到曾家村的菊花，只要有酒，有笔墨，我估计他也是不想走的。曾家村的路边，开满了菊花。菊有百叶菊、金光菊、绣线菊、雏菊、墨菊、金盏菊。菊开好几里。菊是隐逸的象征。陶渊明《饮酒·其五》写道："采菊东篱下，悠然见南山。"但曾家村的菊深谙秋境，给人春日再来的炙热感。炙热，就是不息不灭；炙热，就是生命的欲望。所以，我愿意想象，住在曾家村石头房里的人，不是陶渊明，而是杜甫。杜甫即便命途多舛，热爱生活的性情丝毫没有湮没：他坐在院子里，"肯与邻翁相对饮，隔篱呼取尽余杯"；有客人来了，"花径不曾缘客扫，蓬门今始为君开"。

菊花正妍，溪流澄明，适合傍晚时分来几个客人。花在人来的地方盛开。

来了曾家村，我恍然知道，为什么匆匆一瞥，我便记住了它。它有一种格调，古朴儒雅，又有南方淡淡乡愁的忧郁，适合缅怀，像一个不远千里去投奔的怀抱。

时间的渡口

不知道从哪一年开始，我迷恋上了废墟。残存的村子，被挖掘的坟墓，一座破旧的瓦舍，荒芜的茶园，空无一人的林场，废弃的矿山，岩洞里的旧居，倒塌的城墙，长满荒草的老院子，高耸孤独的石柱，长长的潮湿门廊，苔藓青绿的屋檐，荷花凋敝的花园湖泊……

我去过咸丰县土家族土司城，去过北京圆明园，去过鹅湖山下的鹅湖书院，去过瑞金九堡密溪，去过高昌回鹘故国都城……一切的废墟，都让我神往。我迷恋那种被时间掩埋的气息：漆黑的瓦砾断裂在屋檐下，秋日硕大饱满的红柿悬挂在枝丫直至腐烂，断墙上的凉粉藤比木棍还粗，蜘蛛在天井结网，蛀虫噬咬的木质粉末从横梁纷纷落下，从雕花门窗透射进来的阴暗之光，剥落了石灰粉的墙画——我似乎能听到旧年的深夜脚步声，踢踏踢踏，促织在墙缝里喊喊喊地叫，燕子在房梁上叽叽叽地喂食幼崽，病人在厢房里低低地呻吟，琅琅书声从后院传来；我似乎能看到渐渐暗下去的烛火摇曳，落霞撮下一抹淡绯色，廊檐下的摇椅咿呀咿呀地摇，木楼上的待字闺秀在绣花……

站在废墟面前，我的心一阵阵地荒凉，甚至会收缩。时间的洪流，从远古时期滔天而来，卷起浑浊的浪花，然后寂灭而去。滔滔的浪涛，哗哗哗，冲刷着我们。远去的先人，会回到我们跟前，说着沧桑的生活和亘古不变的生命定律。

废墟是另一种无声的讲述。

丙申年农历十一月十一日，宜入宅、婚嫁、起基、订盟、祭祀。又一次走向废墟——我去了横峰县港边乡，看了三栋厅、两栋厅、灵西张氏老屋、徐氏宗祠。栋厅是港边人对老屋的称呼，三栋厅是指有两个大天井三个厅堂的老屋。江南的老屋，建构大体相同，大门槛进去，是一个厅，再进是一个大天井，天井进去是大厅，厢房安排在两边，廊檐连接，楼上有阁楼。天井分大小，大天井连厅，小天井连别院。我见过最大的老屋，是郑坊徐家大院，共二十四个天井，陌生人进去，根本找不到出口，像个迷宫。"文革"期间，徐家大院被毁得不成样子。

三栋厅、两栋厅、徐氏宗祠，同在一条街上，与灵西张氏老屋相似，均无人居住，建筑也大体相仿，均建于两百余年前，也都是"回"字形两层瓦屋。长长的木质廊檐，木梁雕花，高高的笨拙门槛，天井由石板砌起来，圆柱比我腰粗，飞檐翘角，石灰粉墙画依稀可见。三栋厅是规模较为庞大的老屋，凸显出当年屋主显赫的身份。进门的大厅，堆了很多日常生活用具，如打谷机、石臼、喷雾器。过了天井，屋舍洁净起来，竹椅子摆在厅上，仿佛坐过的人刚走不到一盏茶的时间，木雕和方格窗花纹，还是两百年前的样子，只是蒙上了厚厚的灰尘。厢房与厢房之间的风弄，看起来像一条时光隧道，黑暗又清晰，窄窄的半圆顶弄门仿佛会让我们看见这些：蓝衫飘忽，走出去的人，都不回来。饭厅里的八仙桌还在，虽然开裂，但摆放齐整，像是随时等人上桌吃饭。

一栋大屋建四代，大屋不仅仅是屋舍，还是一个家族的繁衍史、生命史和生活史，更是心灵史。先人用木头、石板、木柱、瓦，书写自己或几代人的生命影迹。一代代的人，走出老屋，分枝散叶。二十余年前，三栋厅居住的人，已陆陆续续外迁，把大屋空了出来。我们走进去，木质腐朽和地面潮湿的气味，夹杂在陈年的灰尘里，给人晕眩感，光线一下子变暗了。

每次看大屋，我都很少说话。初冬，在温州乐清市南阁村看明代名臣、藏书家章纶故居，我完全沉默。故居破败不堪，门窗结了箩箩大的蛛网，木板和横梁开始腐烂，水渍深深塌陷在木纹里，后院的水井被荒草覆盖。我看着红艳艳的美人蕉和茶花，有说不出的悲伤。门楼空地上，鹅卵石铺起来的地面，还保留着原先铺设的丁香花图文。人被时间淘洗得干干净净，不见踪影。

看完港边几栋大屋，已近薄暮。不远处的丘陵像宣纸上的水粉，色调柔和，起伏有致。田畴呈淡淡的素白或淡淡的素黄，港边河九曲而过，河边的芦苇花随风飘落。我站在街上，看看老屋，看看新修的街道，恍如隔世。

废墟，会唤醒人对远古生命的记忆，会吞没我们——时间那么强大，我们怎么有能力去抵抗呢？在废墟面前，我们从来都是绝对的渺小和孤独，那里曾有人欢笑和痛哭，曾有人出生和死亡，曾有人在厢房里读书、相爱，曾有人在黑夜中默默独坐。他们走出高高的门槛，穿过村前的溪流，去了遥远的他乡。他们坐在戏台前，看戏。他们把木柴一斧一斧地劈开。他们开荒，他们夭折，他们殉情。他们喝着醇和的米酒，烤着火。他们伐木，他们把猎物挂在廊檐之下，他们掘地为井，他们种瓜得瓜……一切都是那么美好。他们就是我们的前世。

是的。废墟不是湮灭，不是损毁，而是一种唤醒，是一种对久远的生活方式的追寻，是对强大生命的再次勾写。废墟有时间的品质，它是时间的再次呈现，呈现时间掩藏起来的人和事，呈现灰尘之下的声色、光影，呈现并未消失的文明史和美学史。

我热爱废墟，每一个废墟，都是时间繁忙的渡口，渡口上来来往往的人，都是匆匆过客。凝视废墟，就是凝视熙熙攘攘的人群，它们会告诉我，我们活着究竟是为什么，什么才是最好的一生。

阿薇的蜂蜜

阿薇有岩蜂蜜。岩蜂蜜只有到了深冬才能从岩石缝掏出来。我便苦苦等着冬天的到来。

我是个"蜂蜜控"，在长达十五年的时间里，我只要在家，日日不离蜂蜜。我像老者一样唠唠叨叨地多次对别人说起晨起习惯：烧一壶水，喝半碗温水，再喝半碗蜂蜜水。我给食物排一个序，依次是：蜂蜜，顺德海鲜粥……

想吃上一口好蜂蜜，需要和掏蜜人三年的缘分。这是我说的。和谈一场满心喜悦的恋爱一样，需要前缘修行。有一次，在一座深山，一个朋友说，我们去林场喝蜂蜜水吧。我说，好呀，要走多少路？朋友说，至少二十里，都是山路。我说，去吧。我觉得走二十里路，能吃上好蜂蜜，值得。那时手机还没普及，我们都不知道掏蜜人在不在家，便进山了。山路是从峡谷密林中开出来的，路石比拳头大，硌脚，到了林场，全身瘫软。二十里路，走了三个多小时。

我吃过各种各样的蜂蜜，只需看一眼蜂蜜颜色，我便能判断这个蜂蜜的价格。所以，卖蜂蜜的人，听我出的价格，只会呵呵呵，不会答话。前几天，去安徽枞阳，在国旺兄办公室，他书架上有一罐蜂蜜，他叫祖明兄猜猜蜂蜜价格。祖明兄说，这个蜂蜜很一般，不稠，稀稀的，八十元一斤就可以了。国旺兄说，傅菲你猜猜。我说一百八十元一斤。国旺兄说，你怎么猜的？我说，蜂蜜是稀稀的，但呈竹青色，是五月茶园开花了，蜜蜂采集的，色泽单一，花源丰沛，算是好蜜了。国旺兄说，我真是服你了，全赞。

平时看到的蜂蜜，是不会入我眼的，好比我选书读。我从不进商场买蜂蜜，号称百年品牌的，我也不会瞧一眼。几年前，读钱红丽散文，知她爱蜂蜜，且只喝冠生园品牌。我没喝过，无以评价冠生园蜂蜜。当时，我就想，假如钱红丽喝了新疆黑蜂蜜、岩蜂蜜、沙蜂蜜，她大概便不会那么执着于这个罐装的标准化的蜂蜜了吧？新疆黑蜂蜜，我买过的，当时最贵的卖三百六十元一斤。我喝了几次，便不再喝了。蜜是好蜜，微苦而甘甜，口感略涩，粗粝感较强，色如岩茶。

有一种蜂，在沙地里筑巢，把沙地掏一个鱼篓大的洞，秘密地生活。世人无从见识。相当于一个写诗的人，每每半夜起床，点亮蜡烛，研磨、裁纸、写诗，写好了，放进木箱里。诗人一个人写，一个人读，做梦都想着诗句。但世人从不知道他写诗。有一天，诗人不在了，后人翻查他的遗物，打开木箱，发现了他用毛笔小楷写的诗卷，大家震惊了。沙蜂的蜜，谁人见过呢？我敢说，见过的概率极其小，好在我是这个概率之一。我喝着沙蜂蜜，便什么事也不会想了。我不会纠结于世事，况且世事没什么值得纠结的。我相信，命运会把爱垂降在我身上。我是个从容生活的人。

掏岩蜂蜜，相当于采野生铁皮石斛。石斛长在悬崖岩壁上，饮草叶露水，汲石缝养分，采石斛的人，从悬崖顶部挂一根绳索下来，一天只能采几株。我是严重恐高症患者，最佩服的人，就是溜索、悬索、走达瓦孜的人，像一只蜻蜓一样，在悬崖绝壁间或高空来来去去。前几天，在雁荡山看采石斛人表演，高空中，人在一根光滑的铁索上溜来溜去，还翻跟斗，我心扑通扑通跳，快跳出胸腔了。我问导游，采石斛时有事故发生吗？导游虽是小女孩，但对当地掌故十分熟悉。她说，某某年某某采石斛人因绳索断了，从山崖落了下来。

味觉，相当于人的另一个色相。尤其是中国人，对味觉有极致追求，甘愿为之冒很多危险。在大皖南山区牯牛降，当地人为了吃石耳，在几百米高的悬崖上，悬索采摘，四五个人，劳碌半天，半斤都采摘不了，甚至伤了身体。买这样的石耳，再贵，都是值得的。昨天，和一个朋友聊天，我说，吃，可能是我活着最大的兴趣了。朋友说，多好，你不会有倦态或轻生之念。为了吃上好的东西，再大的困难，我也愿意克服。谁叫我是活在一个肉身里呢，谁叫我对这个色相那么迷恋呢？

阿薇的岩蜂蜜，是她弟弟掏来的。她弟弟生活在大凉山，挣钱门路不多，入冬了，要去掏岩蜂蜜，给家里增加一些收入。她是个淳朴的人。这么好的岩蜂蜜，可称"山珍"。何谓山珍？山之珍奇，山之精粹。现在有了快递，没有快递的话，为了这一斤岩蜂蜜，我是愿意坐三天的火车去大凉山买的。坐三天的火车，又算什么呢？我是吃过阿薇岩蜂蜜的，松脂色，凝奶的物态，高山植物的涩青味，口感柔滑。爱蜂蜜，而不知道吃这样蜂蜜的人，就是那个好龙的叶公。早上，她又发朋友圈卖岩蜂蜜了。我实在吃不完那么多蜂蜜，要不然，我会把她卖的这两百斤全买了。我实在舍不得别人吃这样好的蜂蜜，除了我爱的人。

百叠岭雾秋

晨始，秋雨绵绵。细细的雨丝盘织下来，弯弯绕绕，一圈一圈，山是米白的一片。在湘江源野狗岭，我一个人坐在大巴里，有些萎靡。山涧流淌声混合了雨声，浸透了内心。返城的路上，我昏昏欲睡——南方的山岭，我熟悉，山道缠绕，灌木遍野，秋花零落。车到了蓝山县城，又往东，开阔的盆地圆扇一般徐徐打开。稀寥的毛毛雨，给秋野涂了一层露珠白。东二十里，车往岭上蜗行，我有些错愕：岭叠岭，坳转坳，圆形的山梁堆着山梁，像一堆出笼的馒头。山坡上绛红色的灌木林和浅褐色的裸土，形成中年人面容的色调。路边不多的人家在山坳转角处隐现。

"百叠岭到了，这里有舜泉，是舜帝南巡盘桓喝水的地方。"不知谁这样吆喝了一声。传说中，舜帝南巡时，在永州（古称零陵）开启教化，并驾崩于此，葬于宁远九嶷山下，后建舜帝陵。永州是湘江之源，毗邻广东清远、广西贺州和桂林，是中华文明发源地之一，是怀素、周敦颐的故地，也是柳宗元写出《永州八记》的贬谪地。我知道这些，但我不知道百叠岭。我原是想去江华访问山区民间精通"灵术""巫术"的异人，因阴雨绵绵，而改道蓝山。两天，我走了一千多公里，在细细的秋雨中，意外来到这座山岭。

雾笼罩了山野，灰白白一片。山中有野塘，秋荷多半凋残，枯叶浮在水面。李商隐在《宿骆氏亭寄怀崔雍崔衮》说："竹坞无尘水槛清，相思迢递隔重城。秋阴不散霜飞晚，留得枯荷听雨声。"半塘秋水半塘秋荷，是一个旅人下马歇脚的意境。野塘十余亩，塘堤上的芒草枯败，瑟瑟的芒叶蜷缩。李商隐是我偏爱的晚唐诗人，生活在藩乱时代，朋党倾轧，客死异乡。他一生多半愁郁，常被误解，唯有寄情于歌赋情爱。他在《无题》中写："相见时难别亦难，东风无力百花残。春蚕到死丝方尽，蜡炬成灰泪始干。晓镜但愁云鬓改，夜吟应觉月光寒。蓬山此去无多路，青鸟殷勤为探看。"让人格外悲伤。他的人生是残境，如雨中枯荷，曼妙却腐蚀心骨。出生于永州道县的周敦颐，想来也是爱荷之人。他喜交诗友，爱游乐。北宋仁宗嘉祐八年（1063），周敦颐与沈希颜、钱拓共游雩都（今江西于都县）罗岩。沈希颜在善山欲建濂溪阁，周敦颐题写《爱莲说》相赠，以"出淤泥而不染，濯清涟而不妖，中通外直，不蔓不枝，香远益清，亭亭净植，可远观而不可亵玩焉"喻示磊落高洁的品格。

偶有鱼在枯荷叶下，荡起圈波。塘四周是一垄垄的茵绿茶地。茶地像沸腾的水浪，往坡上翻卷。

一座山岭，像稻田里的一个稻草垛。从高空往下看，应该是这样的。《方舆纪要》卷八十记载："百叠岭……以山岭稠叠而名。"峰峦重叠，绵亘广远。雾化的空气，恬淡。山川似乎很邈远。岭下的舜水河隐藏在平坦的盆地里。一脉又一脉的山岭，依稀可见。峰岭摇转，山道从坡地向灌木林纵深而去，像遗落的粗壮棕绳。山茶白艳，香气被风抱来抱去。

事实上，整个百叠岭就是一个大茶园。屋边，塘边，路边，林边，都是油绿的茶地。茶地垦出一垄垄，茶树被修剪得差不多一样高。山坡也被茶林覆盖，间杂的灌木林显得蓬勃。深秋的山茶花一撮撮，黄蕊白瓣，和墨绿的茶叶形成一股股树梢上的彩色喷泉。漆树淡黄，枫树丹红。雾慢慢退去，萦萦散开。我们的头发上、衣服上，结起绒毛一样的水珠。

枝头上，山茶花一天天吐白，白出玉质。秋分之后，露水凝重。花瓣萎缩，洇出黄斑，花蒂霉变，花瓣收缩在蕊的四周，等着脱落。蕊一根根脱落，但不霉烂。枝头上，便是黄白的枯花，如花的遗体。秋雨飘来，风送寒意，花落满地。时值深秋，地上都是枯花。百叠岭海拔不足千米，不算高山，因山风从衡山山脉扫荡而过，秋意降得早，花也谢得更早、更快。山茶花一般在霜降时节开得最艳丽，如雪飞山坡。在百叠岭生活了大半辈子的老雷说：穿过林中狭窄小道，有一片野生老茶林，在灌木林里，还有一株五百年树龄的茶树。老茶林，我见过很多。在恩施，在武夷山，在婺源，我都见过。我也见过很多千年古树，如瑶里的红豆杉，南雄的银杏。前年在恩施，当地人说，山中有很多几百年树龄的老茶树，但我没有深入深山去查勘。我从小道进去，拨开茂密的树枝，水珠扑簌簌落了满身。

老茶树是灌木，不足三米高，树身的下半部侧边腐烂，另一侧边树皮灰白。树干不足二十厘米粗，枝叶繁叠。叶子有巴掌长，半个巴掌宽，叶面光滑，叶边粗糙，看起来像苦槠树叶。老雷说：百叠岭的茶树，都是由这一棵老茶树繁殖的。一棵树的繁殖力，多么强大啊，是我无法想象的。

雾完全散了，只有山尖上萦绕着一圈淡白气体。岭下的盆地翻滚着稻浪。金色的稻浪给人温暖感，像异乡人凝视的日暮乡关。山梁两边的灌木林，被秋风熏染，有了绚丽的秋色。若是在谷雨，该是采茶季节，满山坡会是挎竹篮的采茶姑娘。姑娘扎着蓝布头巾，围着蓝布裙，柔嫩的茶叶在指间摘落，蛋黄色的阳光晒得人浑身煦暖，葱茏的茶地像是天空的倒影。这样的时候，山坡会飘扬着古朴的茶歌。

我问老雷：这里做秋茶吗？

老雷答：正在做黑茶呢！黑茶酵三秋。

陆陆续续有很多外地人来百叠岭。

在一栋二层的灰砖房里，老雷给我们泡茶。茶是绿茶，水是舜泉水。山坳有涌泉，建有亭殿，先人为纪念舜，遂名舜泉。泉从地下涌出，翻涌若沸，入口甘甜。茶叶在沸水中慢慢舒展，现出茵绿，热气萦在杯口。茶叶是水中俊美的象形汉字。茶树大概是最贴近人五脏六腑的一种树，是人的另一个肉身。我曾在《去野岭做一个种茶人》里说："近年，我对城市生活越来越厌恶。城市人争斗太多。厌倦城市的时候，我便想去找一个荒山野岭生活，筑一间瓦舍，种一片疏疏朗朗的小茶园，白天种茶，晚上读书，听溪涧流于窗前。从青板的祝家垄回来之后，我这样的念头，似乎更强烈了。"我一直找不到这个野岭在哪里，到了百叠岭，我似乎知道这个野岭在哪儿了。

当地有一个传说，说是在亿万年前，永州是一片海洋，地壳运动，拱出一片陆地。陆地满是荒草涟涟的沼泽，鱼虾肥美。北大陆飞来了一只天鹅，在沼泽地筑巢，孵卵育雏。天鹅觉得这里是天堂，不想再迁徙了，一直窝在巢里。后来天鹅化为一座山，蛋慢慢变大，成了一座座山岭。天鹅抱着一窝蛋，有了百叠岭。岭有盘龙形岭、冲岭、木伦岭、百竹岭、牛丫岭、长歧岭……岭上长满了灌木，灌木里有茶树，茶树聚集了世世代代的先民。这似乎是一个神话，也是先民对居住地的膜拜。

坐在灰砖房里，喝着热茶，我似乎成了遥远的先民。我和他们有着相通的血脉：朴素的，纯粹的，裸露的血脉。舜泉水一样涌动，山茶花一样开落。这是我向往的境界：我有一壶茶，足以慰余生。在一个山岭，锄地、拔草、修枝、采茶，听残荷雨声，看雾萦雾散，是禅境。我是世间人，入不了禅境，但可以像个拙朴的种茶人，提一壶热茶，走遍山梁。屋舍四周的山梁，既是自己一个人的江湖，也是自己一个人的归宿。屋舍既是庙堂，也是野寺。人需要活出脱俗。苏东坡在树林里，淋了一身雨，成了落汤鸡，他多会打趣自己啊："莫听穿林打叶声，何妨吟啸且徐行。竹杖芒鞋轻胜马，谁怕？一蓑烟雨任平生。料峭春风吹酒醒，微冷，山头斜照却相迎。回首向来萧瑟处，归去，也无风雨也无晴。"

日暮，天色浆白。下了百叠岭，我回头望望，舜水河已渐行渐远，峰岭竖在缥缈间。人间的宴席，等待每一个人入座。

百叠岭，像一座心灵的避难所。在这个山中，在我眼中。

另一种花朵

雪被一张大筛子，一圈圈地筛下来，筛在枯草上，筛在田垄里，筛在树叶上，到处是白皑皑一片。乌鸫在雪地里觅食谢落的樟树籽，歪着头吃。我们把场院里的雪堆起来，堆成七个小矮人。雪还在一圈圈地落下来，我们泥黄色的脚印，在雪地上显得格外醒目。脚印凌乱，有大人的，有小孩的，泥浆把鞋子的纹理全刻了下来。脚印叠着脚印，像地上零落的花。雪不一会儿就把脚印盖住了，脚印不见了，被雪藏了起来。过了两天，雪慢慢融化，脚印又慢慢地显示出来。像胶片，在显影液的冲洗下，渐渐呈现出清晰的图形。

这是我第一次对人的脚印有了记忆——在孩童时代，雪把脚印作为人的印记，像一句证词，刻写下来。

脚印，是我们的另一个影子，相随我们一生。我们走到哪儿，脚印也跟到哪儿。我们去高山，脚印也去高山。我们去河边，脚印也去河边。但我们很少会关注自己的脚印，甚至忽视自己的脚印。我们把脚印的存在，视作不存在。我们走在街上，我们走在公园的林荫大道上，我们怎么会想起自己的脚印呢？不会的。甚至我们看不见自己的脚印，我们肤浅的观察力从不留意自己的脚印。我们还以为自己没有脚印呢。只有在过泥淖的时候，在雪地走的时候，我们回头一看，啊，歪歪扭扭的脚印那么多，原来每走一步，都那么艰难，脚上裹着泥浆，裹着积雪，还裹着草屑。

小时候看电影，警察把犯罪嫌疑人在现场留下的脚印，拍摄下来，作为现场取证的有力呈供，甚至据此把嫌疑人捉拿归案。我恍然大悟：脚印可以把一个人的主要特征显现出来，一个隐形于事实、真相背后的人就被揪出来了，年龄、体重、性别、身高等信息，都准确无误地暴露出来。我听说过一个刑迹专家，她能在二十多个年龄、身高、体重均差不多的人中，凭肉眼识别脚印，判断哪一个脚印属于哪一个人，能凭脚印准确指认出这个人的身高、年龄、体重；她能在二十多个人的脚印中，指认出哪几对脚印属于四胞胎。她识别脚印的刑迹辨认能力，来自她祖父的言传身教。

她祖父年轻时，给地主看守货物。小偷常偷东西，每次失窃，她祖父就被地主责罚。她祖父决心抓小偷，于是苦练识别脚印技术，后来，来偷东西的人，再也逃不出她祖父的眼力，就被抓了现形。

神奇的脚印，携带着人的主要信息。脚印是一艘船，负载着人，在路上苦渡。人离不开这艘船。船把人，从此岸渡往彼岸。

每一种事物，都有自己的脚印。一粒芝麻，落在地里，被灰尘埋了起来，我们以为芝麻和灰尘一样渺小，早被风刮走了，不见了。风吹霜冻，我们以为芝麻烂了，变成了灰尘。雨季来临，惊蛰过后，泥土暖和起来，薄薄的泥尘里，带着绒毛须的芽长了出来，探出好奇的芽身，在雨水里招摇。暖风一吹，芽身抽出两片娇嫩的芽叶，鹅黄色，腰肢伸长，有了茎秆，一节一节地拔高、开花、结籽。芝麻把脚印藏在自己每一节的芽苗里，藏在自己每一节的茎秆里，只是原先我们不知道。每一种植物的生长，都是自己脚印的堆积。

石头也是有自己脚印的。一块石灰石，一块火成岩石，一块花岗岩石，我们可以窥见它们生成的年代，以及那个年代的地质构造和生态。它们的脚印浓缩了亿万年的艰难岁月。

不同的动物有不同的脚印。猫脚印像梅花，大象脚印像桩坑，熊脚印像不规则长方形铁板，昆虫脚印像雨线，狗脚印像枯荷叶，鸭子脚印像树叶……蛇没有脚，但也有脚印，扭动的身子在前行，留下弯弯扭扭的摩擦线；鱼没有脚，但它游过的时候会荡起不同的水波……

风没有脚，风吹过，树留下了风的形状，草色留下了风的流转。

河水没有脚，但河水流过，河石被磨圆，沙砾成了光洁的晶体。

时间没有脚，但时间流过，树木枯荣，人之将老。

……

我们的世界，是一个脚印斑斑的世界。

赣东北流域，有这样神秘的传闻：人死之后，魂魄不会很快离开人间，亡人会把他生前走过的路——走过的桥，走过的小巷，走过的河道，走过的高山，重新走一遍。他风一样掠过，把自己生前的脚印捡起来，带到另一个世界去。俗称"捡脚印"。把自己的脚印捡完了，也就是把自己生前的路带走了。这仅仅是传闻，无法亲证。但这种传闻，也许会发生在一些人身上。有一天凌晨两点，我母亲突然起床，打开厨房烧开水，边烧水边哭。我父亲觉得我母亲莫名其妙，问："深更半夜烧水干什么？"我母亲说："我刚才听到有人推开我们的房门，从水缸里舀水喝，说水太冷，牙齿被寒得生痛。我听出了，是我老娘的声音。"说罢，我母亲大哭。天亮，我舅舅来报丧，说我外婆在凌晨两点已过世。

我不明白的是，脚印怎么才能捡起来呢？用什么捡呢？捡起来的脚印用什么装呢？一生的脚印装在一起，会有多重呢？

我们在沙滩玩耍，留下了一串串脚印，潮水涌上来，脚印浅下去，我们沿着脚印又走一遍。我们沿山道边的黄泥路去外婆家，留下一串串脚印，太阳出来，脚印固封在泥里，别的脚印又叠上去。我们从草地踏过，草倒伏下去，留下一串串脚印，过两天草又长起来，脚印不见了，草叶翠绿，鸟儿飞来。我们从木桥上走过，霜迹上留下一串串脚印，霜化为水汽消失了，脚印也消失了。

我们所走的路，都是由我们自己的脚印组成的。世界上，没有哪一条路是没有脚印的。我们在路上，看见满山的野花，看见了广袤的原野，看见了四季绚丽的色彩，看见了日月星辰。我们在路上，遇见了我们认识的人，也是在路上，我们忘记了我们认识的人。脚印把我们送到了远方，又把我们从远方带回到家里，带回到一盏灯下。脚印是我们记忆的叠加。

脚印把我们送回故乡的河岸，把我们送回油菜花开的田畴。我们在那里看见自己的童年，看见老去的亲人。当我们老了，再也走不动了，坐在院子里，回想起自己一生所走的道路，我们会发现，脚印是一种花朵，一直开在我们行走的路上，默默无声，芳香不现。脚印铺就了我们的来路。脚印是我们的乡思，是我们的情思。

闪电的脚印是一道飘忽猛烈的光。流星的脚印是炙热的蓝色烈焰。霜的脚印是草叶发白的色泽。我们在沸水里，找到了火的脚印；我们在水果的肉瓤里，找到了四季的脚印；我们在文字里，找到了祖先的脚印；我们在蜜里，找到了蜂的脚印。但我们自己的脚印在哪儿呢？在我们的履历里。我们尽可能把自己的履历写得丰富、生动、精彩、温暖——每个人的脚印都是独一无二的，不可替代。

春风送绿函

乌石山峡谷自北向南缓缓斜下去，溪涧声嘟嘟嘟地冒出来。两扇收夹起来的山叫火叉尖。村子坐落于半山，处于溪涧之源，遂取村名半山源。山中土地肥沃，多生长猕猴桃、毛栗、白果等。火叉尖属于灵山山脉的一座山峰，植被茂盛，鲜有人迹，林中常有猕猴、黄麂、山猫、狐狸、豪猪、豹猫等野生动物出没。

村子有三十余户人家，泥墙瓦屋，隐隐地散落在山边。这是一个坐落在峡谷里的小山村。峡谷两边的山坡黛青葱茏，低坡上长满了密密的毛竹，高坡上披垂着阔叶乔木和针叶树木。看不见溪水，却听得到叮叮咚咚的流淌声。我熟悉这一带的山形。山峦如翻过来的畚斗，山叠着山，慢慢往上收拢，形成一个尖垛。

远远的，我看见溪涧里边有一棵树，开满了白花。我看不清是什么树，稀稀的树叶淡绿，花却白得炽热。

我看花树的时候，一个中年人迎了过来，用夹杂着方言的普通话问我：找住宿吗？我开了民宿，干净卫生，有热水洗澡，自家菜，不施化肥不打农药。

我看看他，五十来岁，穿蓝色春装，戴黑色袖套，面目和蔼友善。我说：住民宿的人多吗？

中年人笑得有些腼腆，说：现在天冷，没什么人来，夏天，来的人可多了，有上饶市的，有杭州的，也有上海的。

天有些冷。我裹紧了上衣，往村里走。坡上的梯田有稀稀的绒草，鹅青色。梯田一层一层，用石块砌上来。田畴并不大，百余亩。一条石头铺设的踏步路，把田畴分成了两半。天下着蒙蒙雨。雨细如丝，落在身上，难以察觉。从踏步路往下走，便是溪涧。山溪卧在深深的沟壑里，黄檫树和深山含笑沿着溪边，突兀地举出了新绿的树冠。溪水清澈轻浅，激越地流淌，像一把遗落的竖琴。一棵梨树从毛竹林中突围而生，原来是梨树在开花。山风裹着树，轻轻摇摆，花朵在枝丫上颤抖——开花的梨树像一个穿白纱裙的少女，在跳舞，扭动着柔软的腰肢，游动着蛇一样的双手。这是一棵老梨树，粉团的花朵把枝丫全盖了。

村中屋舍在田畴之上，挨着墨绿的山林。山林之上，是劈立的岩崖。岩崖如炮台高耸，岩崖之上是云团，云团麻白色，船帆一样飘移。山崖下的山林最为茂密，多阔叶乔木，采蘑菇的村人常在林子里看见猕猴嬉闹。踏步路往上弯，一直弯到村中的晒谷场。

横峰，我来过多次，大部分的村子也都去过。火叉尖山峰背后有个阳山，我也去过，看山中的老树，吃吊锅。我一直以为阳山是横峰最美的村落，没想到半山源比阳山更古朴，更俊秀。半山源在三年前，不通公路，山道太长，人烟少，外面的人进不来，这里的人也出不去，一直保持着原始的山中村舍风貌。现在好了，水泥路通了，通信、网络全通了，城里人喜欢来半山源避暑。

村里有很多古树，除了银杏，还有红豆杉、苦槠、椆木等。银杏和红豆杉都是千年老树了。银杏长出青黄色的幼叶。这是塔状银杏，举头张望，树枝散开，往上收缩，如塔，幼叶透出薄光。村人把椆木、紫荆、杜鹃等落叶灌木，统称为杂木，它们都木质坚硬。地头随处可见的椆木，至少长了两百年，比村子里的老房子还古老。

沿着村子走了一圈，我细数了一下，有七八棵梨树。

在菜地里，在屋后，在稻草垛旁，在泉水边，都有梨树。晒谷场前，有几块菜地，用石头砌了矮围墙。两棵梨树挨着石墙直挺挺地冒上来，梨花簌簌，洁白如雪。山下的梨花在一个月前，便谢了。半山源地处高山深处，春风来得晚，花也开得晚。

开得晚，更惹眼。在一个老村子里，散落的几棵梨树，白花如积雪坠于枝头，摇曳生姿，婀娜至雅。梨花不如桃花、杏花开得那么热烈、鲜艳，梨花是冷色，白得让人不忍触摸，不忍凝视。

春宵只需春风一缕。春风不知疲倦，再远的路、再高的山，它都会把温暖的信函送达。打开信函的人，读到了水暖，读到了酥雨，读到了南鸟北归，读到了梨花白，读到了谷秧……大地再一次繁盛丰腴，草青草长，泥燕飞入旧日的屋檐。

峡谷发出一阵鸟叫声，像画眉鸟在叫，也像相思鸟在叫，啾嘀嘀，啾嘀嘀，我也分辨不清。鸟开始抱窝了。

山再深，春风都会来。春风飞度，梨花飞雪。

怀抱竖琴的信江

　　赣东北部的群山在起伏。山峦如波浪，一层推一层，叠成了云雾茫茫的神秘世界。群山像一群鳁鱼，不时地拱出海面，喷起几米高的浪潮。倾斜的海平面像静谧的庙宇，星光普照了银河——亘古不变的是，海浪被塑造成了山峰，鸥鸟的叫声成了传唱的民歌，墨绿的大鳘披在怀玉山脉。鳁鱼化身为群马，高阔的蓝天下，四蹄翻飞，鬃毛飞扬，健硕的肌肉鼓起来，马鞭在牧马人手上呼呼呼作响——古老的赣东大地上，每一座山都像村舍里的灯塔，无数的灯在闪耀。

　　怀玉山以南，有玉玡溪泻出峡谷，至武安山回漩向西，湍湍而流。溪水冰清玉洁，如少女明眸，故名冰溪。唐代诗人戴叔伦在《送前上饶严明府摄玉山》言："家在故林吴楚间，冰为溪水玉为山。更将旧政化邻邑，遥见逋人相逐还。"冰溪与灵山脚下的饶北河汇流，遂名灵溪。灵溪奔腾十里，与武夷山北麓水系的丰溪，在信州并流，始称信江，自东向西，九曲环流，吞泻六百余里，途经下游的铅山、横峰、弋阳、贵溪、鹰潭、余干，汇入浩渺的鄱阳湖。

年少时，读白居易的《忆江南》："江南好，风景旧曾谙。日出江花红胜火，春来江水绿如蓝。能不忆江南？"读不出它的美妙，觉得春江水蓝，红花绿柳，有什么精妙呢？我客居他乡之后，返回故地，看见藕花深处，鸥鹭惊飞，天蓝云白，才知道江南的风涤荡着风尘仆仆的脸，如细雨，如月光，如悠扬的采茶曲。信江多妩媚，山梁如黛，峰峦如眉，湖泊如瞳。山水多情，有了款款软软、温温婉婉、绵绵转转的吴腔越语，于是有了打串堂、婺源徽剧、弋阳腔等地方戏曲，于是有了鄱湖脱胎漆器、铅山连史纸。连史纸薄而匀称，洁白如羊脂玉，着墨即晕，入纸三分，防虫耐热，经久不变色，千年不腐，颇为珍贵。

信江孕育了古老的赣东文化，河畔有古老的码头——河口。

河口镇是铅山县的县城所在地，每次去河口镇，我都会去明清一条街走走。这是一条明清时期的古街，建筑还保留着原始的风貌。石板街，古城墙，条石码头，木板房，深巷子；中药店，木器店，打铁店，棉花店，菜油店。石板街有两道深深的车辙，我仿佛看见从货船上卸下来的茶叶、盐、布匹、松香、瓷器，堆在两轮货车上，被一个个货夫拉着，南来北往，熙熙攘攘。街有两里长，两边是木板房，深深地逼仄进去，上下两层，窗口临江而开，房子和房子之间有埠头深入下去，直达信江。民国以前，这条街是赣东北最繁华的商业街，货物交易，江南江北，船号不绝于耳，贩夫走卒不绝于市。一九九七年初夏，我去河口，印象深刻。好友傅金发邀约诗人汪峰、书法家丁智、小说家傅之潮等诸友，坐乌篷船游信江。信江碧波滔滔，九狮山蹲坐在对岸，打鱼人站在竹筏上，唱起悠扬的渔歌。

江水在船底下嘶嘶嘶嘶地响，晚霞辉映江水，和峰峦的倒影互相映衬。我坐在船舱里，痴痴地听呆了。这就是天籁，不经意间随江水涌入心间。晚饭在船上吃，吃的都是江边人家的特色菜。汪峰诸友喝着酒，我靠着舷窗，月色如银，当当当地倾入江心，随波荡漾。浮桥上，三三两两的人坐在上面，玩着水，唱着歌。

河口上游四十余里，便是上饶市。这是我生活的城市。一九八六年，我背一个木箱，来到江畔的县城读书。一九九一年正月，在县城工作，每天在食堂用过晚餐之后，和诸友一起去信江河畔散步。江畔有原始的草滩。草滩上全是牛皮草，密密匝匝却平整，牛背鹭和鹳鸟在黑黑的泥浆田里啄食。我们沿江堤来来回回地散步，青色的菜蔬散发一股涩涩的青味，和江面吹来的恬淡的风交融在一起，使我们的内心也像青草一样葱郁起来。薄暮时分，江水总是白花花的，湍湍茫茫。

信江有我们出发的码头，也是我们晚归的安歇地。

上饶市是赣东北最重要的城市，是江西东大门，信江穿城而过，如腰带。如今，上饶已经没有码头了。以前的码头叫渡口，用长条麻石修建向下的台阶，有一个扩大的平台，有浮桥通到对岸的汪家园。浮桥是木船以铁链拴起来的，人走上去，晃悠悠的，铁链当当当地响个不停。大人小孩坐在浮桥上玩水，跳到信江游泳。在二十世纪八十年代，浮桥是最热闹的地方，白天，妇人在洗菜洗衣，男人赤膊玩耍。晚上，有人坐在桥面上，抛钩拉线垂钓，年轻人则手挽手踱步谈恋爱。可以这样说，在这里的江畔，每一个人的成长史都与信江有关。每一个人心中都有一条血液一样涌动的河流。

我不知道，是否有人徒步走完过信江流域。在一九九八年，我曾有强烈的徒步走信江全程的念头。终因我是世俗中人，没有成行，但这个念头扎根了下来。有幸的是，我在信江河畔暂居一年，领略了这里的四季晴雨霜雪。暂居的村叫礁石，家家种桑养蚕。青绿的田畴和澄碧的信江相互映衬。晚霞降落，我坐上竹筏，和打鱼人一起，出没在江面。鸬鹚呱呱呱欢叫，扑棱着翅膀，钻入深水，叼起白肚子的鱼，探出水面。霞绯荡漾。五月的细雨天，惹人喜爱。桑叶沙沙沙，江面密密细细的雨珠，和带院子的屋舍，构成了油画般的记忆。

作为一条河流，信江永不枯竭。

在信江边，我已生活三十余年。在江边散步，在江边垂钓，在江边迎接日出，也守候夕阳。雨燕在四月斜飞过江面，瓦蓝的羽毛丝绸般飘逸。河湾如弦。在一条日日可亲的河流面前，我始终沉默。我能说什么呢？我在静静谛听。信江怀抱一把竖琴，咚咚咚，被风抚弄。流逝的是什么，不会流逝的又是什么？

第四辑：草木情深

山野枇杷

第一次知道枇杷，是在八岁。端午，我走亲戚。亲戚家在高山上。我母亲说，你去一次山里吧，你敢不敢去呢？我说，我敢，给我一根棍子，我什么也不会怕。我母亲笑了，露出一口石榴牙。她把扫把棍脱下来给我，说，棍子可以挑两挂粽子去。一挂十个，一头挂一挂，我挑着上山去了。那时短粮，山里人更缺吃食，给两挂粽子算是很重的人情了。临出门，我母亲交代我："五月黄枇杷，六月红麦李。回家的时候，记得摘一袋枇杷来吃。"

山上人家，我并没去过。沿途都没人家，爬一座山，深入一个山垄，翻一座岭，下坡到一个深山坳，便到了。山垄以前去过好几次，随大人去砍柴。山垄里经常有豺出没，伸出长长的舌头，尾巴垂到地上，眼睛放淡绿色的精光。到了亲戚家，已经正午了。矮小的土屋窝在几棵树下，屋前有一口水井，水井旁有一棵树，挂满了黄黄的果子。亲戚随手摘了一碗果子，说："枇杷正黄了，你吃吃，鲜甜鲜甜。"剥开软皮，汁水流了出来，吮在嘴巴里，口腔凉阴阴的。还没开饭，我便把一碗枇杷吃完了。枇杷是小枇杷，蒂上有灰色的绒毛，皮色如咸蛋黄，肉质如金瓜瓤。吃一个塞一个，吐出深褐色的硬核，如毛栗。

我拎了一布袋枇杷回来。我问母亲："核可以种出枇杷树吗？"母亲说，那当然，哪有核不出芽的。我把枇杷核收集起来，埋在屋后一块菜地里。过了两天，一个老中医来给我祖母看病。老中医是祖母的堂弟，戴一副老花眼镜，没有什么东西是他不懂的。他常来我家吃饭，说话轻言细语，温文尔雅。我说，我种了枇杷核，会发芽吗？老中医说，舌头舔过的果核，都不发芽。我问，为什么？"你知道世上最毒的东西，是什么吗？是舌头。舌头比蛇毒还毒，没有比舌头更毒的东西了。舌头舔过，毒液进了果核，果核便成了死核。死核是不会发芽的。"我听了很是伤心。我不该把枇杷全吃了，至少得留十几个，连果肉一起埋在泥土里。

从那之后，差不多有半年多的时间，我问了很多人："舔过的果核会发芽吗？"被问的人惊讶地看着我，说："你怎么问这个问题？炒熟的种子，不会发芽，可舔过的果核会不会发芽，谁知道啊。"

当然，我相信老中医的话。第二年，果核也真没发芽。山上的亲戚来我家，我说，种了那么多枇杷核，一棵芽也不发。亲戚到菜地看了看，说，不发芽，不是因为果核从嘴巴里吐出来，而是因为这个积水，果核全烂了，怎么发芽呢？下次来，带几棵苗给你种。可能亲戚忘记了，后来始终也没带苗下山。

在孩童和少年时期，我对植物发芽抱有浓厚的兴趣。豆子发芽，红薯发芽，马铃薯发芽，荸荠发芽，藕发芽，柚籽发芽，谷子发芽，麦子发芽，白菜发芽，樟树籽发芽，我都十分细致地观察过。发芽，是世界上最神奇的事了。我还采集过很多种子，放在破脸盆或破瓦罐、瓦钵里，摆在院子的矮墙上，看它们发芽。如野菊、指甲花、酢浆草、三白草、紫地丁、野葱。瓦罐里装满了湿泥，把种子撒上去，盖一层泥，浇水两次。我还玩恶作剧，把扁豆放在火柴盒里，再一起埋在瓦罐里，也发芽。可枇杷核发芽，怎么那样难呢？

村里很少有人种枇杷，不知道为什么。

我外出读书的第三年，二姑在院子里种了一棵枇杷。表弟种的时候，兴冲冲地说："这是余姚的枇杷，果子个大，味甜，村里没人吃过这样的枇杷。"我说，一棵枇杷，哪有那么神秘，果子个再大，也不会比梨大，再甜也不会比红柚甜。表弟说，没有梨大也比棉枣大，肯定比红柚甜，吃起来和蜂蜜差不多。过了三年，枇杷结了满枝，果子真个大又甜。二姑是个细心的人，枇杷吃完了，还把枇杷叶摘一些，洗净，晒干。她说，老中医堂舅嘱咐几次了，枇杷叶煎水，是上好的治咳嗽的药。可收进了阁楼的枇杷叶，一次也没煎过水当药喝。有人咳嗽了，还是去诊所打针或开几粒药丸吃。二姑却乐此不疲，年年摘，年年晒。

二姑的枇杷树下，每年都会发枇杷苗。我大哥觉得枇杷细皮嫩肉，好吃，挖了一棵栽在自己院子里。院子不大，却种了好几种果树，有枣树、柚子树、橘子树、梨树，还种了葡萄。葡萄藤抽风一样，爬满了屋顶，也爬满了树梢。大嫂拿一把剪刀，把葡萄藤剪了，说，两株葡萄害死人，后来葡萄喂了鸟，其他果树也不结果子。枇杷树在橘子树下，长得慢，长得艰难，一年也发不了几支新枝，更别说结果了。我说，大嫂，你爱吃橘子，还是枇杷呀？大嫂说，枇杷当然好吃呀，汁多无渣。我拿起柴刀，把两棵橘子树砍了。大哥看见晒干了的橘子树，说，橘子也甜，砍了多可惜，年年结果呢。我说，哪有那样的好事，巴掌大的地方，想吃枇杷又想吃橘子，橘子十块钱五斤，枇杷十块钱一斤，你说怎么选啊？

过了三年，枇杷树高过了瓦屋。

枇杷叶肥，密集，阳光难以透过树叶到达地上，所以树下阴湿，长蠕虫，蚯蚓也会爬出地面——树下成了鸡的粮仓。鸡咯咯咯咯地叫着，出了鸡舍直奔树下，觅食，趴窝，还生下鸡蛋。烧饭时准备打一个番茄蛋汤，大嫂开菜柜，摸摸，鸡蛋没了，她转到枇杷树下，捡一个上来，打进锅里。大嫂咯咯咯笑了，说，还是枇杷树好。也有烦的时候，夏天阴湿处，多虫蚊。虫蚊多，蜘蛛也多，满树都是蜘蛛网。大嫂用一个稻草扫把，戴一顶斗笠，撩蛛网。

每年初春，我会对院子里二十几棵果树进行修枝。我穿一件十几年前的劳动布衣服，戴一顶斗笠，戴一双黑皮质大手套，一棵一棵修剪。修剪完了，天也快黑了。枇杷树最难修剪，枝丫多，又粗，有不直的枝条，要爬上树修剪，蛛网也会蒙上脸，但我还是乐意修剪。修剪过的果树，树冠如盖，果实压枝。四月末，站在楼上，看枇杷树杏黄的叶子，甚美。

枇杷、樱桃、梅子，并称"果中三友"，都是我们十分喜爱的水果。梅子树，我没见过。"樱桃好吃树难栽"，是俗语。我栽过四十几株樱桃，却没一株活下来。从樱桃基地拉了一板车秧苗，种了七亩多地。头三个月，樱桃树都活了，三五天后，毛茸茸的绿叶从枝节发出来。我便估算着，三两年后，樱桃便可采摘了。可入夏后，叶子软塌塌的，半个月后，全死了，枝丫水气干了，火麻秆一样脆，折一下，啪啪啪就断了。枇杷树是蔷薇科植物，也是易于栽种的植物。秋末冬初，枇杷树开花了，一束一束，花瓣如盛雪。花开了，雪也从山尖盖了下来。枇杷开花迎雪，梅花则斗雪。唐代诗人羊士谔（约762—约819）写过《题枇杷树》："珍树寒始花，氛氲九秋月。佳期若有待，芳意常无绝。袅袅碧海风，濛濛绿枝雪。急景自余妍，春禽幸流悦。"

有一次，在横峰还是在井冈山，我记得不确切了，听一个人无意间说起，枇杷木是做琵琶最好的材质。我听得心怦怦直跳。原来琵琶之所以叫琵琶，是因为以枇杷树为材质做出来的。说这话的人，让我佩服得五体投地。我回到上饶，自赴琴行，问修琴师傅："琵琶是用枇杷树做的吗?"修琴师傅愣愣地看着我，说，硬木音箱发出的声音更悠扬，可细腻，可宽阔，音质好，易共鸣，枇杷树不是硬木，不适合做音箱。他一棍子把我佩服的人打死了。修琴师傅说，通常是用鸡翅木、铁梨木、花梨木、白酸枝、红酸枝、黑酸枝、紫檀等硬木制作琵琶音箱。

我有些灰心丧气。我又查资料，这乐器为什么叫琵琶，这水果为什么叫枇杷? 汉代刘熙《释名·释乐器》中记载："琵琶本出于胡中，马上所鼓也。推手前曰琵，引手却曰琶，象其鼓时，因以为名也。"琵琶是骑在马上弹奏的乐器，推手为琵，引手为琶，遂名琵琶。我想，大约枇杷树的叶子为琵琶形，世人取其形似，才把这种树叫枇杷吧。

让我心怦怦直跳的，不仅仅是琵琶，还有白居易。我简单的大脑里，还没开始回响起《十面埋伏》，或《塞上曲》，或《醉归曲》，或《大浪淘沙》，或《琵琶语》的旋律，白居易的《琵琶行》便喷射出来。还好，白居易写过一首《山枇杷》：

> 深山老去惜年华，况对东溪野枇杷。
>
> 火树风来翻绛焰，琼枝日出晒红纱。
>
> 回看桃李都无色，映得芙蓉不是花。
>
> 争奈结根深石底，无因移得到人家。

于深山老去，许是一种最好的命运。枇杷树本是寻常之树，进不了华贵的庭院，进不了高雅的园林，山野便是去处。去处即归处。人都是实用主义者，眼皮翻开，势利如狼。枇杷因了味美，止咳养五脏，便多有人栽种枇杷树。若枇杷不可食，有几人会知道枇杷树呢？

栽梅记

壬辰年小寒之日，大雪。我从宁波返回安庆，沿途积雪如月光堆满大地。雪花扑扇着天空，也扑扇我内心空空的旅途。假如有傲梅映雪，该是一件多么幸福的事。当下决定，我要栽一棵梅树。

翌日，我徒步在周围几个村子里，一户一户地寻访梅树。在沿河、老庄两村，每一个院子细致地察看过去。雪后天霁，阳光斜斜地朗照，积雪的反光像一堆泡沫涌上这个略显偏僻和萧瑟的郊区。杏树、板栗树、合欢树、栾树，它们光光的树干使冬天更为简练枯瘦，而桂花树、樟树、杉树，仍拥挤着墨绿的云团，把澄蓝的天空盘踞在干硬的枝头上。不远处的菜地，泛起一层灰白的光，纯洁、透明，似乎冷空气在清寂地燃烧。

傍晚，在老庄一农户家前院，见一棵蓝花碗粗的树，光秃秃的枝条缀着密密的黄色花苞，芳香四溢。这就是梅树，黄梅。户主姓方，是个憨实老汉，阔脸，头发微白，手掌厚实宽大，穿一件干净的旧中山装。院子坐落在山冈的半山腰，俯瞰下去，冈下村舍安详宁静，素白一片。

我和方老汉交谈了半小时，老汉执意不卖，说树种了十二年，是野生黄蜡梅，珍贵着呢。老汉说："前前后后来了几拨人，都出高价，有人还把钱塞进我口袋里，我都不舍得卖。一棵树在门口活久了，就成了家里的一分子，是日夜陪伴在身边的眷属。"我说，那些来买树的，是要贩卖挣钱，我不一样，我是要把树种在显眼的地方，供大家品赏，把美好的东西分享给来来往往的人，是积福。这么好的梅树，在你院子里，只有你一家人看，相当于聚餐时你一个人吃独食，不体面。老汉被我说得笑了起来，表示同意。

请来了绿化专业人员，我们端着铁镐、铲、锄，折围墙、刨土，足足干了两个小时，才把梅树挖起来。用稻草把树兜包裹好，六个工人把树抬到我指定的栽种点。周围闲散的人围过来，说，花还没开，香气却充盈。我叫来同事陈晚生，说，要种一棵梅树，请他拉一些肥土来，再提一袋油菜饼来。陈晚生对我说，梅树会成为我们的文化符号。负责栽树的专业人士老芮说，刚栽下去的树不适合施油菜饼，油菜饼发酵，会烧坏根系，树就难成活。我说，树要快点长，最好春天来了，长出圆盖一样的树冠。老芮裂开嘴巴笑话我，说，成活是首要的，成长是其次，古代不是有个成语叫"拔苗助长"嘛，你懂这个。我说，道理我都懂，我就想它快快长，开满花，大家在梅树下驻足欢悦。

老芮开始用锯子和剪刀修理树干树枝。他把几支斜出的粗干锯了，把部分细枝剪除，细心地剪。剪完了，还从不同角度站站、看看，再剪。我真是心疼，说，锯这么多粗干，还剪枝，多可惜，好好的花苞全落了，让新枝长出来，还要等上一年。老芮是我朋友，知道我是个极爱花草鸟鱼的人，说，修枝就是把多余的部分剪掉，通体透风，整出树形，才更具审美价值，这和做人的道理一样。

填土，浇水，树栽好了，用三角支架固定了起来。梅树亭亭地立在草地上，树冠呈圆形，花苞欲坠。再过半个月，满树的黄梅花该盎然盛开了。等梅花开了，我再盼一场大雪到来。雪是一个发光的喻体，梅花是一个高洁的喻体，两者交相辉映。

爱人间，就种树吧！一棵树就是一种相思，相思春天，相思幸福，相思一场铭心的际遇。种树吧，这是我们在逗留过的人间最美好的纪念。

漆　树

　　村里唯一的油漆师傅，便是米粉槌。他也不带徒弟。几个邻居小青年想跟他学，他说，我带徒弟干什么，不上山不下田，一个人随便到哪里都可以糊一张嘴巴。做油漆之前，米粉槌学过几年画画，画年画。可年画卖不出去，糊口都难，便和郑家坊一个老师傅学了三年油漆。他做油漆，不买漆，只做自己的土漆。漆是他自己上山割的。他会调漆，据说是饶北河一带漆调得最好的。

　　山上有很多漆树。在油茶山的开阔地，漆树和梓树生长在芭茅丛中，高高地突兀出来。春天，芭茅发叶了，漆树也发叶了。漆树是落叶乔木，树叶泛青，木质生脆，叶子像一把杀猪刀，和香椿树叶相似。暮春开满树的白花，花细小，一撮撮，一支茎开出好几枝花。入夏，结出圆珠状的青果，一束束挂在枝丫上。

秋后，果发紫发黑且慢慢干瘪。大山雀来了，站在树上，啄食果籽。这时漆树叶如火焰般通红且透明，在风中哗哗作响。几场寒霜下来，树叶渐渐褪去了火焰，变得金黄。往山梁上看，黄色的漆树叶、麻白色的梓树叶、墨绿的山茶树叶，在枯黄的茅草山上，给人以秋天的华丽之美。相比于春季，我还是喜欢山野的秋季，绚丽多姿，给人炽热的燃烧感。初雪接踵而至，漆树叶落尽了，留下粗糙的树干。

一棵漆树在四季之中，颜色是极其分明的。漆树会流"奶汁"，"奶汁"即土漆，土漆也叫大漆、国漆、木漆。等漆树叶完全发青了，米粉槌就去山上割漆。他清早上山，用圆口刀呈螺旋形割漆树皮，割三圈，在最下面的刀口处插一个蚌壳。土漆沿螺旋形树槽，滴进蚌壳里。滴半天，满一蚌壳，再倒进木桶里。漆流出来，是奶白色的，进了木桶，变成了油亮的金黄色，松脂一样。一棵漆树，每十天可以割一次漆，漆树还可以蓬勃生长。漆树割了一年后要缓一缓，隔一年再割。割了的刀口不会愈合，树皮往内收缩，刀口鼓起来，形成了肉瘤。漆树长了七年，才可以割漆，不然割一次便枯死。一棵漆树在其生命周期内，总共可以流十公斤漆。

死在山上的漆树，都是满身的肉瘤。它有多少的肉瘤，便是挨了多少次刀。漆是象形字，本作"桼"，"木"之下，插着两把"刀"，"刀"下是流出的"水"。从木中提取漆的手艺，在造字之前便有了。汉字之中，"桼"可能是最残忍的字了。木质之中有漆液，漆树的命运，便是一生饱受戕害、千刀万剐。庄子曾担任过漆园吏，《庄子·人间世》中说："山木，自寇也；膏火，自煎也。桂可食，故伐之；漆可用，故割之。"这是生活的辩证唯物主义。重情之人必受情伤，也是这个道理。

生漆可以熬熟漆。用纱布把生漆筛了又筛，漆液纯净，黏稠如蜂蜜，用一个木轮子在滚筒里搅动，日晒几天，兑入一定比例的桐油，就成了熟漆。油漆匠会教徒弟手面功夫，怎么上漆，什么时间上漆，怎么画画，在什么器物上画什么画，但不轻易教徒弟熬漆的手艺，甚至终身不教。到了传授熬漆手艺的时候，一般是师傅觉得徒弟对自己始终恭敬，没有异心，人品敦厚，否则，宁愿将熬漆手艺带进棺材里，使之烂在泥里。

生漆呈乳白色，遇空气氧化后为深红色，又逐渐深化为黑色。漆添加了铁粉，是深黑色。夜黑如漆，是最黑暗的夜了。漆添加了胭脂，是深红色。胶红如漆，是花朵绽放的极致。黑漆深沉内敛，红漆富贵典雅。漆添加了金箔，是流光溢彩；漆添加了银箔，是星光闪烁。生漆存放时间长了，会变干。变干了的生漆便不能再用了。生漆置于木桶，用硫酸纸密封，可长时间保存。

我祖父六十来岁的时候，便置办了两副棺材。一副是我祖母的，一副是他自己的。米粉槌挑一担小木桶来我家，他来漆棺材。他穿一条喇叭裤，轻轻哼唱着："好漆清如油，照见美人头，摇动虎斑色，提起钓鱼钩。"我祖父张开空洞的嘴巴，说，漆的时候上心啊，这是千年床，马虎不得。米粉槌拿出漆刷，拍拍身上的围裙，说，老哥郎，我知道的，人生漆两头，孩子的摇篮要漆好，老人的寿枋要漆好。用砂布擦一遍寿枋，打瓦灰，上一层底漆，阴干两天，再上一层大红漆。两副棺材漆了十来天。一个漆，一个在边上看。他们有说不完的话。

一个说："老哥郎，寿枋板材结实，板钉长，抱在手上沉手，是一副好寿枋。"

另一个说："房子建好了，办寿枋是最后一件大事了。"

一个说："好事，人最后都是要办一副的，晚办不如早办。"

另一个说："早办是好，人不知道自己在什么时候走，也不知道自己在哪里走的。寿枋是人最后的一叶舟，管它漂哪里。"

一个说："漆生，也漆死。我漆了多少东西啊，漆床，漆八仙桌，漆脚桶，漆水桶，漆寿枋，漆来漆去，说到底，漆一生一死。"

另一个说："死比生更长，寿枋是马虎不得的。"

我祖父给米粉槌说过几门亲事，最后都不了了之。不了了之的原因是女方说米粉槌不种田，单靠做油漆怎么养得了家。米粉槌听我祖父说了女方意见，每次都乐呵呵地笑，说，死伯才会放下油漆不做去种田。"死伯"在当地是笨猪的意思。米粉槌到了五十多岁，才讨了一个老婆。他的老婆是妹夫的嫂子。妹夫的哥哥病死在烧炭的炭窑，大雪天，连下葬的棺材都没有。米粉槌在妹夫村子做油漆，听说了这事，给妹夫哥哥买了一副赤膊棺材，连夜赶工上漆，才得以出殡。妹夫觉得嫂子需要一个过家的男人照顾两个小孩，于是便为二人做媒。

讨了老婆的米粉槌，再也没穿过花衬衣喇叭裤了，而是穿上了劳动布解放鞋，头发也毛楂楂，早上天麻麻亮便去种田，种了田再去上工做油漆。他常向我父亲借钱，说："哥郎，孩子去学校都去不了，三个孩子，我就是讨饭，也要供他们读大学，做手艺活的人太苦太苦。"他叫我祖父叫老哥郎，叫我父亲叫哥郎。

我祖父还没过世，米粉槌便过世了。我祖父路都走不了，由我哥搀扶着去了下村，送米粉槌最后一程。米粉槌死，也是没备棺材的，临时去棺材铺买了一副，油漆师傅也找不到，由画师胡乱刷了半天，抬了上山，时辰等着，不能误了吉辰。不像现在，我村里随时可以找出几十个油漆师傅，可这些师傅没一个会漆生漆的，都是涂化工漆，学半个月出师，去浙江的义乌、宁波、温州和温岭一带，做家庭装修，个个都被人师傅师傅地叫着。

漆，是最具东方神韵的元素之一，和瓷器、汉字、书法、二十四节气、围棋等一样，形象地描绘着东方气质。早在七千年前，新石器时代的河姆渡已有了漆木器。一九七八年文物部门发掘时，漆木器仍然"朱红涂料，色泽鲜艳"。

瓷器、汉字、书法、二十四节气、围棋等，之所以几千年来让我们痴迷，不仅仅因为其间流淌着我们古老的文化血液，更是因为它们是一种活的艺术。我们现在写下的每一个字，都与上一个字不同，但都代表着自己的气质、个性、磁场。漆也是如此。土漆和颜料最大的不同是，漆液在漆的过程中，分分秒秒在发生变化。因为土漆里有一种物质，叫漆酶，它在不同的温度、不同的湿度中，使漆所呈现出来的色彩完全不一样。漆的过程是一个正在发生变化的过程，而不是一个固定的过程，如围棋的千变万化，如节气的转换。漆的或厚或薄，也会呈现不同的色泽。漆的过程，也是一个个体生命再现的过程。

漆艺人，都有一个密封的阴房，阴房里的湿度使漆酶发生物理变化与化学变化，慢慢阴干，形成漆膜。漆追寻器物原始的质的呈现，所呈现的光泽，让人安静，它细腻，它柔和，它内敛，它温润。漆就是天上的月光，照在大海上，让大海更深沉；照在霜上，让霜更透彻；照在瓦上，让瓦更古朴；照在山梁上，让山梁更静谧。

鄱阳脱胎漆器髹饰技艺张氏六代传人张席珍，是一个闻名遐迩的漆艺人，他的作品"光泽圆润，外形若骨，刻绘精细，手法自然，巧夺天工"，可惜我没见过。市群艺馆馆长徐勇几次对我说，要带我一起去看看，我都没机会去。髹漆、陶瓷、丝绸被誉为传统古工艺的绝活，我不能不去看的。

漆艺之美，来自一棵树和一个人的臻美结合。我不知道地球上有多少种树，事实上，每一种树都有自己的体液。这种体液是树的血液，是树的内陆河。而能够形成一个民族符号的树，可能也只有漆树了。漆液从刀口处，慢慢滴，滴在蚌壳上，散发清香，绵绵无穷。它漆在木质上，漆在金属上，漆在丝绸上，漆在瓷器上，有美丽的花纹和源源不绝的慈祥光泽。我们的琴，我们的剑，我们的车架，我们的门窗和衣柜，都让我们看见了一棵树和漆艺人的生命质地。漆光永远是一种不会让人觉得寒冷的光，因为那是漆艺人柔和的眼神。

米粉槌已经故去很多年了。他不知道漆艺是什么，他只是一个乡村手艺人。我还保存着他送给我的竹笔筒，竹笔筒上了土漆，画了一朵杜若花，嫩黄的花蕊、雪白的花瓣，用湿巾擦洗一下，还是无比鲜艳。每次从笔筒里抽出笔，我便想起他的花衬衫与河水一样哗哗的笑声。

大地的标识

红橙黄绿青蓝紫，是光谱分类色，七色调出我们多彩缤纷的世界：天空瓦蓝，美人蕉殷红，禾苗青绿，油茶花纯白……原色红黄的混合可为橙色。七色中，橙色是唯一以水果橙子命名的。七彩大地，橙是味蕾上的乡野故土。

橙是芸香科柑橘属常绿乔木或灌木，柑橘类果树，包括甜橙和酸橙两个基本种。甜橙又称橙、黄果，也叫橙子。赣东北并不是橙产地，产同为柑橘属的柚子和橘子。"柚不过淮，橙不过吉"是果农的谚语。淮是淮河，吉是吉安。水果讲究原产地，原产地是水果的命数，也是人的命数，不是随便找一块地就可以种瓜得瓜——走味的水果，谁会喜欢呢？

我家人对水果各有所爱：小孩爱吃火龙果和猕猴桃，我爱人爱吃葡萄和青苹果，我母亲爱吃香梨和红柚，我爱吃甜瓜和南丰橘。家人唯一共同喜爱吃的水果，便是赣南脐橙。赣南脐橙脆嫩爽口，甜酸适度，色泽鲜艳，橙香满堂。黄澄澄的果皮，给人爱的渴望，像是冬天灶膛里的火苗。皮剥开，饱满的橙汁胀裂欲喷，剥一片肉瓤含在嘴巴里，甜汁水化开，橙香满口，味蕾瞬间拥抱了南方青葱的乡野。乡野里有绵长的雨季，炙热的阳光，酥软的红土，多雾的早晨和黄昏，延绵的丘陵，以及九曲的河流。

每年年关，朋友陈会给我来一个电话，问：要多少脐橙？我答：老样子，你知道。他有一个朋友是信丰人，三代人种脐橙。年关了，我会从他那儿买很多脐橙，拉回老家枫林，自家吃，也分给乡邻品尝。很多，就是至少二十箱的意思。我买得再多，母亲都不会责怪我浪费，她会说：这么多，刚刚好。我抱两箱放在母亲房间，给她慢慢吃。有时她不吃，手里也握一个脐橙。

我说：脐橙握在手里是不是也舒服啊？

母亲说：脐橙味，让人血气通畅。

客人来了，我把脐橙剥开，一瓣一瓣，依序排在青花瓷器果盘里，像一朵怒放的葵花。母亲说，这样吃脐橙，太文雅了，别人会说我们气量小，舍不得客人吃呢。她一人分两个，往客人口袋里塞。橙皮，她是舍不得扔掉的，收集起来，放在圆匾里晒，晒干了，收在棉布袋里挂起来。到了夏秋季，她用干橙皮泡水喝，调半勺蜂蜜下去。这是我祖母教她的。祖母说，橙皮养肝，多喝橙皮水气色好。

我有过二十几亩的果园，种了冬枣、花厅早梨、马家柚、油桃、板栗、橘子。垦果园的时候，便想着种脐橙。脐橙苗是朋友从信丰带来的，一共十三株。请来果园师种苗，他把脐橙苗抽出来了，说，赣东北纬度偏低，结出的脐橙偏酸，果实也不长个儿，色泽也不鲜艳。我不死心，在菜地里种了三株脐橙，年冬，施油菜饼肥，施肥三年，结了脐橙，有拳头大。青釉色转黄，便秋天了。过了霜降，满树的橙黄，像大地上的灯盏。摘一个脐橙尝鲜，不酸不甜，嚼起来，像棉花。母亲说，可能节令还没到。到了深冬，脐橙在树上都萎缩了，剥开吃，还是不酸不甜。脐橙便再也无人采摘了。每到四月，脐橙开花，一小朵一小朵，玉白色，碎雪一样压满了树丫，香气飘进屋里，黏黏的，让人甚是舒爽。

每一种水果，都有自己的故乡，它的根须只缠绕适合自己的土地。椰子属于海南，荔枝属于岭南，龙眼属于闽南，柑橘属于常山，哈密瓜和香梨属于新疆……脐橙属于信丰。每次吃赣南脐橙，便会想象信丰的大地。信丰是什么样子呢？怎么会出产如此鲜美多汁的水果呢？

信丰在大庾岭以北，是赣州下辖的客家祖居县。去过两次赣南，都不曾踏足信丰，不免遗憾。我也安慰自己，可能缘分还不够吧。正如"相遇的人总会相遇"一样，心存念想，便会"相遇"。今年初秋，有了信丰之行。

当绿皮火车过了赣州，在信丰大地穿过时，我莫名兴奋。我靠窗，脸贴着玻璃，看着外面的原野。田畴间，深绿的禾苗在涌动，如细细的海浪。低矮的山岭上种满了橙树。橙树并不高，墨绿。垦了垄的山坡，露出红泥的原色。

在信丰的偏远乡镇走了两天，我的视线都没离开山坡上的橙树。在安西镇，我站在脐橙园的瞭望台上，问向导景明兄，盛果期，一株树可产多少斤脐橙？景明兄说，可达四百余斤。景明兄也是三代种脐橙之人，曾长期在脐橙场工作。我眼前的绵绵丘陵，被东去的桃江环绕。山峦青黛，远峰高峻。丘陵上垦出了一垄垄的脐橙园，延绵几公里。隐约间，我听到了果园里飘来的歌声：

山有几道弯，

水有几道弯，

弯呀弯呀，

总有脐橙香。

一片片金果挂山梁，

一阵阵笑声在回荡。

……

歌声缠绵，温暖。丘陵下，是脐橙研究室，研究脐橙病虫害防治。脐橙有"三病"：黄龙病，裂皮病，溃疡病。黄龙病被誉为脐橙"癌症"，可防可控不可治。黄龙病由一种限于韧皮部内寄生的革兰氏阴性细菌引起，能够侵害包括柑橘属、枳属、金柑属和九里香等在内的多种芸香科植物，传染性极强，对脐橙来说是毁灭性灾害，可使果树叶片黄化，三年内死亡。一旦爆发了黄龙病，成片成片的脐橙树将被连根铲除，晒干焚烧，土地却再也无法种植脐橙，因为革兰氏阴性细菌已入土壤，无计灭菌，只能改种杉树、松树等其他树种。据相关统计，2008 年，信丰清除疑似黄龙病树 18.3 万株；2011 年，清除 2.17 万株；2012 年，清除 12.29 万株。黄龙病治理是世界性难题，为防病，信丰每年会派出大量科技人员，在山间地头查勘病情。

橙树和桃树一样，盛果期很短，不超过二十年。盛果期结束，橙树的生命期也结束，砍下山，来年再种植新苗。

据说，信丰被誉为"地球上最适合种脐橙的地方"，是脐橙的"黄金产地"。这与信丰的经纬度、土壤、气候有关。神奇的土地诞生神奇的物种，赐福人类。天山的雪莲，西藏的红花，川北的川贝，大凉山的松露，新疆的肉苁蓉，遂昌的山笋，贵州的田七，玉树的虫草，哦，还有信丰的脐橙，它们都是大地的标识。它们绘制了中国植物的标识地图。

去了信丰，我才知道，能吃上甜糯的脐橙多么艰难，能吃上有"橙中之王"美誉的信丰脐橙，我们多么有福。

丑合欢

一米之上有大瘤，鼓鼓的，像歪脸脖子上的瓢瘤；两米之上有黑黑的刀口，密密麻麻，刀痕叠着刀痕；三米之上，是两个大分权，伸出粗壮的枝。整个树身斜歪，歪得扭曲，像个大麻花。冬天，树光着身，细细长长的枝权上停了许多乌春和鹧鸪，叶子一片也没有。积雪压在枝上，薄薄的，透明。我叫老辜："把这棵破树砍了，发煤锅用。"老辜是食堂管理员，有什么杂事，我都叫他。铲垃圾，捡石块，挖树洞，清水沟，掏粪池，老辜样样安排。他头发梳得溜光，油油的，笑嘻嘻地站在我面前，说，这树好几年啦，疯长，树冠太大，把桂花全遮了，我砍了几次枝丫，砍不好，留了疤，把一棵树糟蹋了。我说，那就留一春，若明年春天树冠没盖起来，就砍了当柴火。

饭后没事，我会沿院子的几条主干道走走，到各个角落看看，看桂竹是否长笋了，蔷薇花艳不艳，葡萄藤爬上架子了没有。桃树昨天爆芽了，梨花开了两季。植物不像人，植物给人日日的新鲜感，人给人陈旧感。一个人若在另一个人的心中没有陈旧感，那会是什么样的人呢？

惊蛰之后，地气往身上烘，太阳贴着屋顶转。雨水适时而至，哗哗哗，顺着草坡往低洼里汩汩流淌。春天赶着闪电的马车来了，一鞭一鞭地抽，一路狂奔，在我的竹林里、果园里、松林里停了下来，把踢着蹄儿的马拴在树下，再也不走了。樱花炸开了，嘭嘭嘭，在寂静的夜里把人惊醒。伏在地上的草抬起了尖细的头，银杏耷拉着翠黄翠绿的眼睑。那棵丑丑的树，枝条上抽出了针一样的叶。

叶有细毛，深绿浅黄间杂着。毛茸茸的，使我觉得春天特别温顺、柔软。树下的酢浆草蔓延了一大片，淡白的花蕾羞涩地打着瞌睡，惺惺忪忪，一身慵懒，怎么睡都解不了春困。谷雨到了，丑树上全是梳子一样的叶子，在风里轻摇，蜜蜂嗡嗡嗡地飞着，把树叶当作了秋千，吊在上面，晃着。不久，叶子里长出一种水红灰白的花儿，像一只只蝴蝶停在上面。这么一群蝴蝶，有点迷乱人眼，雨水扑打下来，它们也不飞离。阳光是一只翅膀，雨水是另一只翅膀，在枝上停歇，亲昵地耳语。风来了，蝴蝶上上下下翻飞，有的坠在花圃里，有的坠在水沟里，有的坠在别的树冠上。风中的蝴蝶，是春天叮叮当当的耳环。

在春天，假如你问我悲伤是什么，我会沉默不语，然后低下身子，把坠落的粉彩蝴蝶戴在你的发髻上。

一天，从事绿化工作的老芮来我这儿，我打开窗户指给他看：这棵开蝴蝶花的树叫什么？老芮说，合欢。

合欢。合欢。我在窗前，念了一个早晨。

现在是冬天，大雪初融，万物凋敝。我把老芮请来，把丑合欢树从头到脚修剪了一遍。在另外几个较宽阔的角落里，我又种了几株。合欢是落叶乔木，作为植物，有花开就有叶落。花开叶落是四季，是时间的表现形式，是无须伤感的。花每开一次，我们都将苍老一岁，珍惜光阴的意念将更重一层。

多栽几株合欢吧。百年欢好，岁月静美。人世间，没有比这更好的祝福了。我知道，你也喜欢的。

蒌蒿满地

三月是一封速递的信函，由黏稠的风捎来。饶北河两岸，柳枝抽芽，洋槐吐苞。在河堤，在菜园的畦墙，在田埂，在荒地，一种绿叶肥厚的植物在生长。它匍匐在地上，茎蔓生，叶子羽状分裂，花冠筒状，淡黄色。这就是蒌蒿，南方多年生草本植物。河水初涨，蒌蒿还没有脱去旧年的黄衣，又披上了新绿的薄衫。桃花在院子里羞涩地开，刺桐花坠了满地。母亲提一个竹篮，到河边剪蒌蒿叶去了。

"竹外桃花三两枝，春江水暖鸭先知。蒌蒿满地芦芽短，正是河豚欲上时。"宋朝的惠崇在一千年前呈现的南方景象，在我的记忆里扩大、定格，映照着母亲清瘦的身影。她穿一件蓝色粗布衣裳，手中的剪刀在蒌蒿的茎上发出清脆的声音，喳喳喳。她的手有些皲裂，线条一般的黑泥浸入掌纹，成为生活的印记。

蒌蒿叶柔软地躺在母亲的手心，郁香沉沉，汁液黏在粗布上。河水在洋槐下环绕，一圈圈不断变大的漩涡又一圈圈地缩紧，形成涡点，下沉。水面像一张被风吹起的绒丝绸。洋槐枝垂下水面，河鲤跳上来，虾乌压压地成群吸附在河埠的石磴上，青苔淹在水下，那么舒展。远远看见母亲在一丛蒌蒿中，清瘦，淡雅。我分不清哪儿是蒌蒿，哪儿是母亲。她低着身子，蒌蒿簇拥着她。她的咳嗽声沿着河面传来，让我感觉既温暖又痛惜。水蓝色的天空荡漾，湿润的空气包裹着清香。风吹过，一片片蒌蒿波澜起伏。

蒌蒿叶清洗之后，用石磨碾碎，用夏布巾包起来压榨，沉淀。浸了一天的糯米圆润发胀，在木桶里冒泡泡。我们把糯米磨成米浆，和上碾碎的蒌蒿，搓成扁平状，把菜馅包进去。菜馅是酸腌菜、春笋丝、豆芽、咸肉，调些辣椒末。锅里的水在吼叫，劈柴在灶膛里噼噼啪啪。锅里的竹箅蒸笼腾腾地冒着水蒸气，蒌蒿的香气在厨房里跑来跑去，像个顽皮的孩子。我们围着灶台，眼巴巴地看着水蒸气窜上房梁。一刻钟后，母亲打开蒸笼，蒌蒿馃软软地躺在里面，青白色。我的喉咙发出咕咕咕的声音。在饶北河流域，家家户户都做这样的清明粿。

清明粿上桌的季节，水田已经翻耕，白白的水上飘着浮萍。稻种下田，有的已经长出细嫩的鹅黄苗。油菜的花完全凋谢，此刻倒伏在田里，春意盎然之际，它的青春期已然结束。白鹭站在水洼地里，时不时地拍打翅膀，长长的嘴伸进水里，抬头的时候，一条泥鳅在它嘴角扭曲着身子。

一九九一年春，我到了县城工作，生活多了颠簸。每年的蒌蒿葳蕤时节，母亲都托进城的乡亲带清明粿给我吃。纸盒里有一块白纱布，白纱布里是清明粿。我打开纸盒，仿佛看见母亲站在我面前。她习惯性地沉默着，鬓角的头发有些麻白，她匀称的呼吸如和煦的春风，拂在我脸上。

前天傍晚，我路过菜场，看见有一妇人在弄堂里摆一张小桌、一个煤球炉，卖清明粿。我说我要十二个。她说没有了，现做现蒸要半个小时。我说我等。她的女儿坐在她身边看书，看起来有十五六岁，文文静静。她一边做作业，一边和我闲聊。她说，你怎么吃这么多清明粿，很喜欢吃是吧？我说，一天吃三个，可以吃四天。我想说，我吃清明粿就会想起母亲，现在她年老了，整天佝偻着身子坐在椅子上晒太阳，她去不了河边剪蒌蒿叶，推不动石磨了。可我终究没有说，我的声带被一种酸酸咸咸的水堵住了，发不了声。

油菜花

油菜，亦称油白菜，是十字花科、芸薹属植物，喜雨。在南方，它是一种普通的一年生草本植物，和荷、荸荠、番茄一样，在田间、河塘边、山坳里十分常见。在三月初至三月底，开出黄色的花，从初开期、盛开期到凋谢期，足足一个月。

在十五年前，婺源并没有那么多油菜花。

一九九八年初春，我去婺源，从县城徒步去武口，看见油菜花星星点点地在田畴里盛开。我停了下来。星江在河心形成了一个沙洲，似半残的月牙，沙洲上的柳树刚刚抽出新绿，晨雾疏淡地织在树枝上，织在远处的屋舍上，几个打鱼人坐在竹筏上，把网抛向江心。初升的太阳还没爬上山梁，晕散的阳光沉沉地浸透了露水。金黄的油菜花星散在沙洲上，和部分裸露的褐色泥地、青翠的灌木、轻轻摆动的柳树、浮起一层薄光的江水一样，在这个早晨，不再怒吼，也不再沉睡，蕴含着青草味的曙光，给我阵雨降临后的感觉，我把这美妙的感觉一直保留到星宿渐渐隐去。星江围拢了一片斑斓的田畴，白墙黑瓦的屋舍退回到远古的记忆里，墨绿的山冈有一条弧线，和江水交叉。

多年之后，我才知道这里叫月亮湾。

二〇一二年三月，我从安庆返回上饶，在思口一个自然村吃午饭。村里只有三户人家，在一个桥头。桥下是星江。村子对面的山腰处有一座古寺，古寺深藏在几棵巨大的苦槠树和樟树里。村子里并无外人往来，妇人在烧菜，男人在院子里锯木头，准备在一块空地里搭一座茶楼。房子依河而建，屋后是几块菜地，种了莴苣、葱、生菜、大蒜、莜麦菜、春包菜、辣椒、茄子、丝瓜、南瓜、番茄。河边是茂密的灌木和芦苇。东家的儿子坐在桥底下钓鱼。水有十余米深，幽蓝。下游是一片油菜地。我穿过一条一百余米长的石埂路，到了油菜地。这是一块山地，沿山势垦出条沟，一畦一畦，一垄一垄。花势正旺，花瓣饱满。蜜蜂在花地里嗡嗡嗡地飞着。细腰蜂在阳光下扑扇着透明的羽翼，似乎不知疲倦，它翩翩起舞，直到死亡。我想起东荡子的诗句："给你，或另一个你一样的人／仿佛很早以前我就来过，在这里有过生活／原野上的蔷薇回味着风的秘密与滋润／可它也有过分离、哭泣和爱情的死亡"。

花和叶交叠在一起，金黄与灰绿间染在一起，一根枝干抽上来，手指一般粗，枝丫一节一节散开。空气里飘浮着似有似无的绒毛，河面偶尔有断裂的树枝浮浮沉沉。阳光照在粗粝黑质的瓦楞上，旧年的桂竹冒出尖尖的笋芽。油菜是快速生长的植物，也是快速死亡和腐烂的植物。午前下种育苗，元宵后，春雨来了，从山梁、从江边，像雁群一样围拢而来。天是阴暗的，雨抽出一根一根的丝，柔柔软软，湿纸一般蒙在地里，蒙在水面，蒙在树梢，继而淅淅沥沥、噼噼啪啪地压下来，地面溅起泥浆泡，鲤鱼在水里翻跳，树木也如被吹翻了的油布伞一般。油菜仿佛是一支喷水枪，把水饱饱地吸进去，灌满枝干，再喷到枝丫上，喷到叶子上。叶子肥肥的，厚厚的，肉乎乎的，筋脉充血似的肿胀。

紫玉兰开了，桃花开了，在墙角，开得喊喊喊地叫。蔷薇开了，在田野的矮墙上，红的一丛，白的一丛，黄的一丛，花朵一簇簇，从藤蔓上翻盖下来，一蓬蓬。油菜花吐出金色的蕊，花瓣羞赧地伏在枝梢上，安扎一个营寨。桃花初谢，油菜花完全盛开，像一群蝴蝶聚集在一起。杜鹃花开，山野热闹了起来。油菜花一天接一天地赶路，赶路到一个转角处，先是三五朵消失，接着是一群一群地消失，一个暖夜后，全消失了。它们消失的速度和来时的速度同样快。

油菜结了条形的长角果，一串串，油菜秆弯下了身子，进入了暮年。长角果发黄，油菜秆发黑，收了油菜籽，晾晒几日，烘焙，木榨里散发浓浓的菜油香，金亮的菜油汩汩地从槽里流出，夏天也到了。把油菜秆砍断，泡在水田里，秧苗抽穗时，油菜秆全烂了，成了泥浆的养分。

我坐在农人的家里，和他谈起了星江，谈起了油菜花。他的儿子用钓上来的一条草鱼烧了一碗葱油鱼。鱼有两斤多重，切块，红辣椒丝和葱丝搭配起来，甚是好看。星江上游，河床狭窄，山上的植被腐烂物冲刷下来，把野生鱼养得肥肥的。油菜花和屋舍之间，隔了一片芭茅地，芭茅疯狂地长，尖尖的青蓝色的叶子使油菜花看起来有些恍惚。油菜是最具人间烟火气息的一种植物，它和屋舍、河水、灶膛、油香连在一起，组成了我们的家园。它是我们身上长出来的植物，和白菜一样，与我们相依为命。

自小见多了油菜花，在饶北河两岸，铺展而开。春天踏在它的小腰肢上，曼曼而舞，甩开金黄色的短袖，耸起青黛色的峨冠，迎风翩翩。只觉得油菜花是春天大地油画中色彩极其厚重的一笔，黄色的颜料不是涂抹而是堆叠上去的。油画是一个立体的色盘，山川是浓眉的青翠，河流是浅蓝，油菜花则是日出初照的迷眼炫目，是春天至美的一极。可是到了思口，才觉得，之前我对油菜花的认识，是极其浅薄的。它不只是一种花，更是我们对故园情思的培育和绽放，是一个生根发芽、年复一年轮回的故园符号。

不知从哪一年起，大概是二〇〇三年，婺源县开始大规模种植油菜花，对农户实行现金补贴，把油菜花作为春季旅游的一个核心产品，销往全国。每年年初，我都会接到外地朋友的电话，说婺源的油菜花如何如何绚烂，要来看看。婺源的宾馆，无论在县城还是在乡村，都被游客挤得爆棚，乡下连停车的空地也挪不出来。把油菜花作为旅游商品炒热到极致的是江岭。

二〇一一年春，我带了三十多个朋友去江岭，这也是我唯一一次去江岭。江岭从晓起进去，二十来分钟便到了，坐落在一个两山相夹一溪中流的山坳里。这是一个缺地少田的山区地带，当地人沿山边剥下地衣、灌木、茅草，把山地垦出来，形成梯田，面积并不大，站在村口，一眼便把梯田尽收眼底。在进行旅游开发之前，这里适合种小麦、一季稻、高粱和豌豆、蚕豆、苦瓜一类的菜蔬，土地褐黄色，并不肥沃。如今，一梯一梯的油菜花开在葱绿的山峦下，显得香艳、招摇、肆无忌惮地展露自己原本娇羞的野性。村里的妇人沿路摆起小摊位，卖梅干菜、山蕨、黄豆、春笋、茶叶，卖自家酿的谷酒、小鱼干，也有卖字画、旧木窗的。

我的朋友们从车里下来，完全兴奋起来，"啊啊啊"地疯叫，手机、照相机咔嚓咔嚓，留此存照。我似乎有些无动于衷，甚至心里一下子难过起来——这个时代，无论是城里人还是山里人，无论是富裕还是贫穷，我们都活得非常可怜，滋养我们内心的东西，在日渐丧失，我们的内心日渐匮乏、贫瘠。在这个时代里，我们在遭罪，同时也是罪人。我的朋友们来自安庆，其实长江东南岸的东至，从大渡口到泾公桥一段就有非常壮观的油菜花，开车至少要一个小时，才能穿越油菜花地。在江西，在贵州，在浙江，在福建，在安徽，东至的油菜花是我见过连片种植面积最大的，估摸至少有五万亩。我每半个月，会在安庆与上饶之间往返一次，途经东至。大渡口和东流是平原和丘陵相间的地带，油菜花一望无际，在春日里，我们仿佛能听到它们优美的合唱，它们像一群小学生，无忧无虑，矜持地唱儿歌。此时，落叶的乔木还没完全长出叶子，孤单单地兀立在平原上，有时是一丛。有小杨树，有柳树，更多的树我叫不出名字。在小村前，一般有竹林或苦竹林，尧渡河贯穿东西。这里是舜的躬耕之地，尧在此渡河访舜。平原开阔，油菜花汪洋恣肆，人迹稀渺，古意浓郁。

可能我再也不会在三月去婺源。当油菜花铺满山野，像金黄的毛毯一样缝补在河流两岸，而我们所要寻找的东西已无影无踪。油菜花已不是家园的一部分，也不是油画中灿烂的部分。我想起多年前，一个人来婺源，去乡间，坐在中巴上，脸贴着玻璃。油菜花和蔬菜、小麦、豆苗间杂地种在一起，黄黄绿绿，疏疏密密，渔人在星江上收网，斗笠与蓑衣出没于烟雨中。油菜花与我挨得那么近，几乎是脸颊贴着脸颊，它的芳香有少女的体温，它薄薄的脸充满了迷人的汁液。它拉起袖珍式的小提琴，哆哆啦啦嗦嗦，如民歌响彻四野，整个大地都有了回声。

酸　橙

　　教拳脚的师傅来我家，带了一麻袋的橙子作伴手礼。师傅是金华人，三十来岁，满口浙江话，说话的时候，像口腔里含着什么东西。他是我三姑父的结拜兄弟。他姓什么，我忘记了。每年要过冬了，他便驻扎在三姑父家，收几个徒弟。他常来我家吃饭，特别喜欢吃油炸薯片，睡在床上还吃。他说他那一带穷，穷得过年猪也杀不起。他吃薯片，我们吃橙子。橙子黄黄的皮，个头比柚子小一些，圆圆润润，握在手心好舒服。橙甜，吃时汁液淌嘴角。吃了橙子，手也舍不得马上洗了，用舌苔舔一遍，把橙汁舔干净。村里没有人种橙子，起先我们还以为这一麻袋是橘子呢，可哪有那么大的橘子啊。过了冬，我父亲对师傅说，这个橙子好吃，比红肉瓤的柚子好吃，比常山橘好吃，你下次来，带两棵橙苗来，我们也种上。

第二年，我家种上了橙子树，种了两棵。后院有一块空地，平日堆柴火或农家肥。树苗有火叉柄粗。过了半年，死了一棵。父亲很是惋惜，说，有两棵多好，可以慢慢吃，吃过了元宵也吃不完。

又三年，橙子树高过了瓦屋，开了花。树冠圆圆的，如撑开的伞一样，满树的绿叶白花。橙子花白白的，五片花瓣，花朵中间有黄色的花蕊。我每天早上起床第一件事，便是去看橙子花。花开时节，正是雨季，雨滴滴答答，似乎一刻也不停歇。每下一次暴雨，花落一地，树下白白的一片。雨季结束，花也谢完了。花凋谢了，青豆般的橙子结了出来。

过了六月六，橙子有鸡蛋大，可每天都有橙子落下来。看着橙子落下来，好惋惜。落一个小橙子，便意味着日后要少吃一个甜橙。中元节之后，树上的橙子一个也没有了，全落了。让我伤心。我们都不知道为什么会这样，怀疑是不是橙子树得了致命的病虫害。一次，邻村一个种果树的人来玩，说，栽种的果树，第一年的果子，会掉落夭折，以后就不会了，即使不掉落，也要把果子剪掉，让果树发育到成熟强壮，树苗抵抗力强、营养足，第二年结的果子才会甜。

又一年。橙子的皮还没发黄，青蓝青蓝，但个头已经可以塞满一只手掌心了。我便去摘橙子吃，用刀切开，掰开肉瓤，黄白色，汁液饱胀。我塞进嘴巴，又马上吐出来，眯起眼睛，浑身哆嗦。母亲笑了起来，问：是不是很酸啊？我说，牙齿都酸痛了，没吃过比它更酸的东西，比醋还酸。母亲说，没熟透的柚子、橘子、橙子、杨梅、葡萄，都酸不溜秋的，熟透了，酸就变成甜了。酸为什么会变甜？不知道。

橘皮黄了，和油菜花一样黄得澄明纯粹——摘橙子的季节到了。可橙子还是酸得牙齿漂浮。我对这棵橙子树完全绝望了，再也不指望能吃上它的果子。我父亲不死心，说，现在还是霜降呢，冬至以后肯定甜蜜蜜，野柿子也是冬至后甜蜜蜜的。

过了冬至，剥橙子吃，还是酸。橙子吊在树上，再也无人问津。有客人来，看见树上黄澄澄的橙子，说，这么好的东西还舍不得吃呀，再不吃，只有放在树上烂了。父亲笑眯眯地说，橙子太甜了，甜得腻人，要不你吃一个？客人摘一个吃，连连伸出舌头吐口水，说，酸得脊背发凉。

金华的师傅又来过冬了，看见树上亮晃晃的橙子，说，橙皮发皱了，像老年人的额头，还不摘下来吃啊？我父亲笑眯眯的，摘一个下来，说，等你吃呢，你不开吃，我也不吃，好东西留着敬客。

我们看着师傅吃，津液翻涌。师傅掰开一瓣，塞进嘴巴里，嘴巴立马张得像个山洞，口水四射，说："怎么会这样呢？会这么酸呢？"我父亲说，你肯定嫌弃我家的饭菜不好吃，给我栽这么酸的怪物。父亲读过几年书，说，春秋时的晏子讲，"橘生淮南则为橘，生于淮北则为枳，叶徒相似，其实味不同"。橘甜枳苦，都是水土不一样的缘故。师傅说，产橘的地方就可以产橙，橘橙是同胞兄弟呀。

后来得知，不是水土的缘故，而是原本种下的，就是一棵酸橙子树。师傅带错了苗，这让我们空欢喜了好几年。

橙子树，再也无人关心了。

大哥拿起柴刀，说，把橙子树砍了吧，树冠大，把牛圈的阳光遮挡了。父亲说，牛圈要阳光干什么，通风就可以了。大哥把农家肥堆在橙子树下，父亲看见了，说，肥会发热，把树烧死。大哥说，烧死就烧死，橙子又想不到进嘴巴。父亲说，树还是树，和树上的果子有什么关系呢？果子不能吃，可不能怪树。母亲把一些不大用得着的重物，也挂在树上，以前是挂在木梁上的，如待修的水桶、漏水的锅、猪槽。我父亲又说，挂在树上多难看，还会把枝丫压坏了，树上开满了花，花下是猪槽，看起来就不像话。

橙子像个小篮球。我摘一个，抱到学校去，抛来抛去，当玩具。青皮磨出青色的汁，有些刺激眼睛。手反复搓青皮，手掌也发青，抹到女同学的脸上，让她一节课掉眼泪。

橙了熟了，唯一吃它的，是鸟。黄黄的橙子，墨绿的树，鸟躲在树叶下，吃得忘乎所以。橙子树上于是有了许多鸟巢，大山雀、斑鸫、树莺的巢都有。还有松雀，在花开的时候，它来了，羽毛暗绿色，啄食花朵，嘘嘘嘘地叫，像孩子吹不着调的口哨。鸟啄食过的橙子会腐烂，掉下来。没被啄食的橙子，不落地，还吊在枝丫上。

过了几年，橙子树蓬蓬勃勃，树冠有一个稻草垛那么大。看着满树的花，我大哥不免叹气，说，这棵橙子树，像一个漂亮却生育怪胎的女人。我书读不好，我母亲以橙子树为例子教育我："你看看这棵橙子树，好看，结的橙子却难吃，谁都厌恶。做人也一样，光有漂亮外表，内里无货，也是没用的。"

据说，有一种虱子，不寄生在人或动物身上，而是寄生在植物身上，尤其是果树，如橘子树、桃树、猕猴桃树。有一年，橙子树干上，起了密密麻麻的黑斑，就是虱子寄生出来的。父亲是这样说的。黑斑像牛皮癣，树皮一层层脱落。我大哥把刀磨得雪亮，笑哈哈地说，这下好了，可以砍了当柴火烧。父亲买来呋喃丹，拌在石灰水里，涂满了树身。第二年开春，树身又发了新皮出来，青黄色，有亮亮的油光。那之后再也没得过病虫害了。

一次，我童山表哥来，看着黄橙子烂在树上，觉得很是惋惜。他是镇里有名的厨师，善于烧酒席。有人办喜事了，能请他掌勺，可是莫大的面子。他对我母亲说："二姑，这是好东西。烧鱼，用半个橙子，放点盐花煮，比什么都鲜，其他什么佐料也不用放。做酸汤也好，不用醋不用酸菜，是做酸汤最好的料了。"我母亲说，哪有用酸橙子烧菜的？表哥掌勺，烧了鱼，烧了酸汤。我母亲吃了，说，确是好味道，一个酸橙，烧出两个好菜。

后来，邻居也知道了酸橙可烧鲜鱼、烧酸汤，家里办喜事时，便提一个篮子来，向我母亲要十几个酸橙。提篮里，还拎十几个鸡蛋来。我母亲怎么也不收，说，以前是烂在树上的，现在可以提鲜，算是没白白种了它。

我父亲中年以后，患了一种病，就是打嗝。呃……呃……呃，怎么也控制不住。父亲是很少干重体力活的农民，不会是因受力过重而导致内伤。去市里的几家医院，都没检查出什么病因。中医也看了好几家，中药吃了几箩筐，没效果。我母亲提心吊胆——没检查出病因的毛病，像一颗地雷埋在身体里，可地雷在哪儿，查找不出来，多让人害怕！我父亲是个乐观派，说打嗝怕什么，不就是喝水噎着了或吃多撑着了吗？听有人说喝黄鳝血可治打嗝，他三天两头晚上提一个松灯，去田里照黄鳝，杀黄鳝吃；又听人说喝番鸭血治打嗝，他又各家各户去请求，让人家杀鸭子时叫他一声，把鸭血留下喝。

三年多的时间里，打嗝都没停过。唯一停下的时候是睡熟时。父亲说，医生也求了，也给菩萨上了香，土地庙也上了猪头，算是神仙也无计了，自己也再不管打嗝这毛病了。

一次，一个原来下放上海的"知青"回村里探访，见我父亲三五分钟打一个嗝，说，你这个病好几年了吧？父亲说，是啊，大小医院看了十几家，没结果。"知青"原本是个医生，返城后还学了七年的中医，他说，有一样东西，可以断病根，只是很难找。父亲说，打嗝太难受了，难找也要找。"知青"说，说难找也好找，用酸橙泡水喝，喝三个月，便好了。我父亲把他拉到后院，问，这是不是酸橙？知青说，甜橙熟后会自然落蒂，酸橙不会，你这棵就是酸橙子，不采摘的话，四季有鲜果。

有一年，一个收木料的人来村里收木料，收了后要拉到浙江做木雕家具。他见了我家的酸橙树，问我父亲：这棵树要不要卖呢？按老樟木的价格算。父亲说，酸橙树收去干什么，又不是酸枝。收木料的人说，酸橙木打木床，比任何木头都好，蚊子不入屋子。我父亲说，钱再多，也会用完，树却年年开花，是钱换不来的。

桂花落

秋日，抱一本书坐在院子里，晒着暖阳，随意地翻看，听桂花扑簌簌地落下，是人间至境。桂花落在书页上，落在椅子上，落在廊前，金葵色，幽香盈盈。

桂花是木犀科常绿灌木或乔木，一般生活在长江以南地区。我种过非常多的桂花树，有野生移栽的，有苗圃移栽的。桂花树是非常容易成活的树，即使在艳阳高照的夏天移栽，多浇几次水，也会存活下来。在冬春季移栽，浇水一两次，也不枯叶。每年的三月，我都会去苗木市场选桂花树，选择的标准是直干、一米以下无分杈，至于是丹桂还是金桂，或者是月桂、银桂，倒不是最重要的。县城偏僻的街道边有临时的苗木市场，售卖的树种以丹桂、杉树、木槿、橘树、柚子树、梨树为主。

桂花树移栽了一年，便要修枝。我喜欢修枝。一把剪刀，一把小木锯，一把梯子，一双手套，都是我单独放在杂货间的，谁也不可以动。剪刀是日本货，当年买的时候，花了我一千多块钱，用了七八年，还是很利索。细枝用剪刀修，粗枝用木锯锯。两米以下的枝丫或分权，只留一根主直干，树冠修去密集的枝条。修剪了的枝口用刀口磨平磨圆，再用布条扎实，以免枝口发新芽。修剪一天，一般只能修十几棵桂花树。

每年冬季修剪一次，修剪之后，埋一次肥。在离树根一米远的地方，掏一个半米深的洞穴，舀三斤油菜饼肥下去，浇足水再填土。树油绿地长，不分昼夜，树冠婆娑，旺盛地发育。

植物学家在对桂花树的描述中，一般将其定义为灌木或小乔木，我不太赞同它被定义为小乔木这一条。我在几个地方都见过参天的桂花树，比三层楼还高，显然不是小乔木。浦城县教师进修学校破旧的院子里，有一个冬瓜形的池塘，中间以拱桥相通。池塘边，有四棵高大的桂花树，树干比我的腰还要粗，四季常青，郁郁葱葱，斜斜地往池塘上方生长，盖住了整个塘面。许是桂花树的根须伸进了池塘的淤泥里，吃足了养分，长得忘乎所以，忘记了自己是小乔木的身份吧。

浦城县是丹桂之乡，家家户户种桂花树，是自古以来的传统。临江镇杨柳尖自然村周贵兴家的院子里，有一棵千年桂花树，树高 15.6 米，胸围 4.6 米，年产桂花 240 多公斤，主干 9 枝似九龙，故称"九龙桂"，丹桂飘香时，树冠如大红灯笼。横峰县新篁有一棵桂花树，我第一次去看的时候，正是前年 10 月初，树叶油绿近乎墨色，树身满是青苔。乡人介绍说，这棵桂花树已经逾千年了。树高高大大，和百年香樟一样。

一九八九年我在乡村教书，村里也有一棵千年桂花树，树冠覆盖了一亩地，树身也要两人合抱，8 月桂花开，全村弥香。我的出生地有一座山，名五桂山，是崇山之中的一个陡峭山峰，有野生桂花树五棵，年代多久，乡人不可记，至少比村子历史久远，树干高耸入云天。

乡民种树有自己的选择，在院子里，除了果树，桂花树是种植最多的树了。桂花四季常绿，易活，花香，花可食。谁不喜欢呢？

"桂花糖，桂花糕，香香甜甜。"在深秋或初冬，巷子里有了悠长的吆喝声。这个时候，我们再也控制不住自己的脚步，循着拨浪鼓的当当声，寻找货郎，找到了便再也离不开。"不急，不急，一个一个来吧，每人分一块。"货郎用银白的切刀，切一小块桂花糖给孩子们吃。我们把桂花糖含在嘴巴里，慢慢吮吸。大人端一个畚斗出来，畚斗里是白米。三斤白米换一斤桂花糖。深深的巷子，吆喝声有民谣一般的腔调。当啷当啷，拨浪鼓声一阵一阵地远去，消失在巷子的尽头。

前两天，在朋友圈看到沈书枝晒了一张她父亲筛丹桂花的图片。我有了片刻的恍惚，怎么秋天又到了呢？时间怎么这样快如闪电呢？时间在人的身上，或许是以加速度的方式流动的。小时候，觉得一年好长，漫长的学期，漫长的假期，每一天都是漫长的，每一个黄昏都是漫长的。上学的路漫长，古诗的背诵漫长，油灯的燃烧漫长。人至中年，在沙发上打一下瞌睡便过了晌午，写了半截残文就到了掌灯时分，去看了三次老母亲便至白露。到了露寒，桂花落了。

桂花落了，白昼一日短一截。桂花落在树下的纱布上，或者落在竹篾席上，收起来，筛一筛，晒三五日秋阳，丹色桂花萎缩，成了丹褐色。泡茶，撮一些丹桂花下去；做老鸭汤，撮一些丹桂花下去。客人来了，从冰箱里拿出冰糖丹桂花，冲开水喝。冰糖丹桂花放上十年，也不会变质。

乡人爱做酱，做豆瓣酱、辣酱，也做桂花酱。用一个大缸晒酱，晒在屋顶上，或晒在围墙的墙垛上，酱是红色，香了整条巷子。

以前，我以为桂花树只能以压枝的方法培育秧苗。我问过很多种苗木的人怎么培育桂花树秧苗，回答也都是压枝法。到了福建浦城工作后我才知道，压枝法是最笨的培育方法。浦城人摘春季的桂花树叶，插在水田里，过半年，树叶就长成了树苗。原来只要有充足的水分，桂花树树叶就可以长成树苗，我不知道其他树是不是也可以这样。在其他地方，我也没见过这样的培育方法。

在更早以前，也就是我十来岁之前，我不知道桂花树长什么样。我以为桂花树是离我们很遥远的树，像银杏、香榧一样不可遇见。在饶北河流域，桂花树叫木樨，桂花叫木樨花。在乡音中，木同目音，樨同屎音，木樨花也就被叫成了"目屎花"。我于是便讨厌这个花的名字，觉得它是一种肮脏的花。

小学三年级时，语文老师给我们讲了一个传说：吴刚伐桂。炎帝之孙伯陵，趁吴刚离家学道，和吴刚之妻有私情，生了鼓、延、殳三个儿子。吴刚怒杀伯陵，激怒了太阳神炎帝，被发配到月亮，命他砍伐不死之树月桂。树高五百丈，随砍即合。吴刚便只能这样无休止地砍下去。

"月桂是什么树啊？我们都没见过。"这么神奇的树，我们没见过啊，多惋惜。语文老师说，月桂怎么没见过呢，就是我们院子里的木樨啊。

这是第一次知道桂花树即木樨。老师说，每月十五的时候，你们抬头看看月亮，可以看见吴刚用大板斧在砍月桂，要是仔细听，也许还能听到斧头的砍树声呢。月亮上还居住着美丽的嫦娥，善舞，是最美的仙女了。十五的圆月出来，我们坐在院子里的竹床上，抬头仰望，月亮上斑驳的阴影，真像一棵月桂树在晃动，似乎还能听到树叶沙沙响。

过了两年，又听到了另一个关于吴刚的神话——不是吴刚杀伯陵，而是吴刚想娶嫦娥为妻。嫦娥说，你把月桂树砍倒了，我便做你的妻子。吴刚伐了亿万年，月桂树还在，因为月桂树随砍随愈合，是一棵神树。但吴刚不死心，便一直伐下去，不舍昼夜。

西方有一则相似的神话，是西西弗斯推石头的故事。西西弗斯得罪了众神，众神命他将一块巨石推上山，在山顶把石头竖稳，便免除他的一切罪恶。西西弗斯开始推石上山，将石头推到了山顶，但石头又滚下了山。他为了免除自己的罪恶，便日复一日、年复一年地推石上山，永不休止。

这两则神话，都极具悲剧色彩，讲述了人的原罪和生命的悲壮感，具有深刻的隐喻。

当然，我还是比较喜欢吴刚为了爱情而伐桂的故事。虽然不深刻，但美好；虽然也是悲剧，但温暖。这个故事，指明了生命中的另一个事头：过于美好的东西，都是虚幻的，像魔术师手上飞起来的彩带。诗人颜梅玖写过一首《桂花吟》：

……

它带来了美的形式，又越不出衰亡的内容

它和时代有一致的妥协性：

像某个事件——

虚无、困惑，又暗藏了疲倦

像一座遗址

它性感的香气，在我们的体内悄悄潜伏了下来颜梅玖说出了事物的本质。当然，我不是悲观主义者，但我必须承认万物悲观的结局。初秋，气温骤降，桂花一夜盛开。花开半月，瞬即凋零。

唐代诗人王建《十五夜望月寄杜郎中》写道："中庭地白树栖鸦，冷露无声湿桂花。今夜月明人尽望，不知秋思落谁家。"桂花和月，都是秋赋的核心意象。夜露打落桂花，月已中秋，教人如何不想家？桂花开，是秋熟。桂花落，是秋肃。

秋声之中，桂花的飘落是最寂然的。相比于虫吟，相比于纷飞的黄叶窣窣，相比于晚雨滴答，相比于雁语呜呜，我们的耳朵几乎不可能听出桂花落地之声。无声的消失，是无知觉的消失。

在寂静的院子里，躺在摇椅上，晒着暖阳，无所事事，书盖在脸上，打一会儿瞌睡，是美事。醒来，茶凉了，盖在身上的衣服上落满了丹色的桂花，一朵，两朵，三朵……